PAPIER FRESSERCHEN MTM-VERLAG

DIE BÜCHER MIT DEM DRACHEN

Impressum:

Alle Personen und Handlungen des Buches sind frei erfunden. Ähnlichkeiten mit lebenden oder verstorbenen Personen sind zufällig und nicht beabsichtigt.

Besuchen Sie uns im Internet:
www.papierfresserchen.eu

Mühlstraße 10, 88085 Langenargen

info@papierfresserchen.de

Erstauflage 2025

Herausgeberin: Martina Meier
Titelbild: © Elena Schweitzer - Adobe Stock lizenziert
Alle anderen Bilder: ©bei den Autorinnen und Autoren

Druck: Bookpress, Polen

ISBN: 978-3-99051-340-8 - Taschenbuch
ISBN: 978-3-99051-341-5 - E-Book

Wie Phönix aus der Asche

Geschichten aus dem Land der Fantasie

Band 3

Martina Meier (Hrsg.)

Buchreihe – Land der Fantasie

Drei Bänder sind bislang in der Reihe **„Land der Fantasie“** erschienen. Tauchen Sie ab in die Gesichten mystischer Wesen wie dem Phönix, erleben Sie Einhörner in ihrer magischen Welt oder erfreuen Sie sich an dem Leben unserer Märchenprinzessinnen. Informationen zur Buchreihe finden Sie unter

www.papierfresserchen.eu

Inhalt

Die Autorinnen und Autoren

Andreas Herkert-Rademacher
Beate Gerke
Bernhard Finger
Carina Georg
Christian Knieps
Doreen Pitzler
Dorothea Möller
Elena
Florian Geiger
Herbert Glaser
Juliane Barth
Kay Ganahl
Lina Sommerfeld
Luina Day
Marcel(lo) Friedli-Schwarz
Maxine Danisch
Mona Lisa Gnauck
Nadin Kadner
Nicole Webersinn
Pamela Murtas
Simone Lamolla
Tessa
Timothy Phoenix
Vanessa Boecking
Volker Liebelt
Wolfgang Rödig

Hoffnungsträger

In Griechenland brannte in diesen Tagen die Sonne erbarmungslos vom Himmel. Ein junges Paar, Aglaia und Anatolios, hatte eine Wanderung unternommen, um die Sorgen des Alltags für einen Moment vergessen zu können. Gerade liefen sie auf der hellen Sonnenseite eines Berges hinunter, als Anatolios in der Ferne etwas funkeln und glitzern sah. Er fasste seine Frau behutsam bei der Hand und gemeinsam liefen sie den Weg hinunter, bis zu einer kleinen Baumgruppe, bei der das Funkeln gesehen worden war.

Im Schatten stand eine hölzerne Sitzbank, Aglaia ließ sich sofort erschöpft darauf nieder. Anatolios reichte ihr eine Flasche, in der jedoch nur noch wenig Wasser übrig war. Vier Flaschen hatten sie mitgenommen, doch die Wanderung war anstrengend gewesen und so hatten sie bereits alles ausgetrunken.

Während Aglaia trank, sah Anatolios sich um. Und stutzte. Zu seiner Rechten war das helle Funkeln wieder zu sehen und nun erkannte er auch, woher es kam. Auf einem dicken Ast, halb im Schatten, halb in der Sonne, saß ein großer, wunderschöner Vogel. Das von der Sonne angestrahlte Auge des Tieres funkelte wie ein glänzender Saphir. Er hatte leuchtend rotes Gefieder, einen spitzen Schnabel und einen langen Schweif.

„Ein Phönix", raunte der gläubige Anatolios ehrfürchtig.

Aglaia folgte seinem Blick und entdeckte ihn ebenfalls. Vor Überraschung blieb ihr der Mund offen stehen, und die Flasche fiel zu Boden. Langsam erhob sie sich, hob die Flasche wieder auf und schritt ganz vorsichtig auf den Phönix zu, ohne ihn aus den Augen zu lassen.

Der große Vogel hatte seinerseits Aglaia bemerkt und drehte ihr neugierig den Kopf zu. Aglaia verspürte den Drang, diesem wunderbaren Geschöpf von ihren Sorgen zu berichten, und da man in der Gegenwart eines Phönixes nicht lügen können soll, ließ Aglaia in ihren Erzählungen keine Sorge unerwähnt.

Der Phönix hörte der jungen Frau aufmerksam zu und schnell

füllten sich seine Augen mit Tränen. Anatolios, der unbemerkt neben seine Frau getreten war, griff geistesgegenwärtig nach der leeren Wasserflasche, öffnete den Deckel und hielt sie unter den Kopf des Tieres.

Und tatsächlich: Die Tränen des Vogels tropften unaufhörlich in die Flasche. Sie versiegten, als Aglaia sich all ihre Sorgen von der Seele geredet hatte. Plötzlich spürte sie eine Last von sich abfallen und wieder Hoffnung in sich aufsteigen. Es stimmte also: Der Phönix war ein Symbol der Hoffnung.

Mit frischer Energie verabschiedete sich das Paar von dem wundersamen Tier und stieg mit neuer Kraft den Berg hinunter. Nun war es nicht mehr weit bis zu ihrem kleinen Haus.

Als Anatolios abends auf dem Balkon stand und seinen Blick über den Hang des Berges schweifen ließ, meinte er, ein schwaches Leuchten zu erkennen, und dachte sofort an den Phönix. Dann ging er hinein, legte sich zu seiner Frau ins Bett und kuschelte sich an sie. In dieser Nacht schlief das junge Paar besonders gefühlvoll miteinander.

Drei Tage später stiegen Aglaia und Anatolios am späten Nachmittag den Berg hinauf. Sie hatten ein ganz bestimmtes Ziel: die Baumgruppe, an der sie den Phönix gesichtet hatten.

Und tatsächlich: Bereits von Weitem konnten sie das Glitzern seines Auges erkennen, das von der Sonne angestrahlt wurde. Der Vogel krächzte, wie um die jungen Leute zu begrüßen. Dann breitete er seine großen Schwingen aus, schlug dreimal kräftig mit ihnen, blieb dabei jedoch auf dem starken Ast sitzen. Eine leuchtend rote Feder segelte sanft zu Boden. Anatolios bückte sich, hob sie auf und drehte sie behutsam in seinen Händen. Und entdeckte etwas: Auf dem Schaft der Feder leuchtete ein Schriftzug auf.

Begebt euch in drei Tagen erneut auf den Weg zu mir, dann werde ich wieder da sein.

Wenig später leuchtete ein helles Licht auf, der Phönix begann zu brennen und zerfiel am Ende zu Staub.

Aglaia wechselte einen Blick mit Anatolios, dann nahm sie ihn bei der Hand und gemeinsam stiegen sie den Berg hinab. Beide wussten ganz genau, was geschehen war, und zeigten deshalb keinerlei Furcht. Die Feder mit der Nachricht des Vogels hielt Anatolios fest zwischen seinen Fingern, damit sie ihm nicht abhandenkommen konnte. Zu Hause nahm er sogleich einen leeren Bilderrahmen mit einer Glasplatte, legte die strahlende Feder behutsam zwischen Pappe und Glas und hängte den Rahmen gut sichtbar an die Wand.

Erneut drei Tage später machte das junge Paar sich auf den Weg zum wundersamen Phönix. Zunächst konnten die beiden den Vogel nirgends sehen, doch dann erblickten sie ihn auf einem anderen Ast. Etwas kleiner als noch vor einer Woche, aber ebenso wunderschön erstrahlte der wiederauferstandene Phönix in neuem Glanz.

Aglaia hatte gezweifelt, ob er sie nach seiner Wiedergeburt überhaupt erkennen würde, doch ihre Befürchtungen lösten sich in Luft auf, als der Phönix sie anschaute und ein leises Krächzen von sich gab. Er richtete sich auf, schüttelte kräftig sein Gefieder und blickte Anatolios auffordernd an. Eine einzelne rote Feder segelte zu Boden, und der junge Mann wusste sofort, was zu tun war.

„Ich habe euch erwartet, denn es gibt Neuigkeiten“, las Anatolios auf dem Schaft der Feder. Gespannt warteten Aglaia und Anatolios ab. Der Phönix schüttelte erneut sein Gefieder und wieder segelte eine glänzend rote Feder zu Boden. Anatolios hob die Feder auf und sah seiner Frau tief in die Augen. Er fasste sie bei der Hand und beide schauten erwartungsvoll auf die Feder. Langsam drehte Anatolios sie um. Nur drei Worte standen da:

Aglaia ist schwanger.

Der arme Vogel zuckte ein wenig zusammen, als Aglaia einen Freudenschrei von sich gab und auf und ab hüpfte, ihrem Mann um den Hals fiel und Freudentränen über ihr Gesicht liefen. Hand in Hand tanzte das Paar aufgeregt auf und ab.

„Vielen Dank, lieber Phönix!“, sprach Aglaia zu ihm, als sie sich ein wenig beruhigt hatte.

Dieser verneigte sich vor dem Paar und flatterte dann auf einen anderen Ast. Aglaia und Anatolios verstanden sein Zeichen und zogen sich zurück. Nach einem letzten dankbaren Blick auf den wundersamen Vogel stieg das Paar, die wertvollen Phönix-Federn fest umklammert, den Berg hinab in ihr Dorf.

Anatolios legte die beiden neuen Federn zu der dritten in den Bilderrahmen und hängte diesen wieder an die Wand.

Neun Monate später.

Genau zum errechneten Termin erblickte ein kerngesunder kleiner Junge das Licht der Welt. Die stolzen und überglücklichen Eltern gaben ihm den Namen Phanos. Dieser bedeutet Fackel oder Licht und erinnerte sie an die Unterstützung des flammenden Vogels.

Endlich war ihr Kinderwunsch in Erfüllung gegangen und sie waren überzeugt, dass dies nur durch die Glück bringende Begegnung mit dem Phönix geschehen war.

Die kleine Familie unternahm in den folgenden Jahren immer einmal im Jahr kleine Ausflüge zu dem Phönix, um ihm ihre Dankbarkeit zu zollen.

So wuchs der kleine Phanos glücklich und behütet in seinem sicheren Elternhaus in einem kleinen Dorf in Griechenland auf.

Nicole Webersinn *(25) taucht in ihren Geschichten gerne in fantastische Welten mit fantastischen Wesen ein, ist bislang jedoch keinem Phönix begegnet.*

Zwillingsseele

Mythen und Sagen beinhalten immer ein Stück Wahrheit. Wo Fantasie, Legende oder Sagen mit Wünschen verschmelzen, ist nicht immer klar nachzuvollziehen, was Wahrheit und was Vorstellungskraft ist. Die Dichtung besagt, dass der sagenhafte Phönix alle fünfhundert bis zwölftausend Jahre auf die Erde zurückkehrt, meist dann, wenn ein Zeitenwechsel bevorsteht. Doch was geschieht, wenn der Mythos sich irrt oder durch eine Laune der Natur widrige, unvorhersehbare Ereignisse eintreten ...?

Das Nest lag auf einer hohen Klippe, eingebettet in eine wilde und raue Berglandschaft. Sanft geschwungen fielen Felsenklippen nach unten ab. Der sandige Küstenstreifen vor dem Meer wurde wieder und wieder vom Wasser überspült. Winde jagten über das Meer und durch das Waldgebiet, welches mit der Klippenlandschaft verwachsen und nur zum Teil im Stein fest verwurzelt war. Die Menschen blieben in den Häusern. Sie kannten die Kraft der Naturgewalten, die Bäume entwurzelte, Hänge ins Rutschen brachte und bei Regen Schlammlawinen in Bewegung setzte. Oftmals waren Wege und Pfade tagelang nicht passierbar.

Unbeachtet von den Dorfbewohnern war ein großer, starker Vogel über das Meer gekommen und hatte auf der höchsten Erhebung der Klippe, geschützt in einer Mauernische, eine Behausung gefunden. Das Tier war das letzte seiner Art. Es war nach dem langen Flug im Sturm kraftlos geworden. Mit der ihm verbleibenden Kraft schleppte er sich in die Nische, um seine Aufgabe zu erfüllen. Entkräftet durch die Anstrengung verlor er eine seiner Federn aus seinem einst so farbenprächtigen Gefieder. Er würde sterben. Ohne etwas davon zu bemerken, schleppte sich das Tier weiter. Matt und farblos sah sein Federkleid mittlerweile aus, dennoch wohnte auch in der einen Feder, wie in jeder Faser des Vogelkörpers, eine geheimnisvolle Kraft. Eine Windbö fegte über das letzte Domizil des graziösen Tiers und trieb die Feder über den Rand der Klippe hinaus. Sie schwebte hinunter, wurde vom Wind hin- und hergewirbelt, ehe sie im feuchten Sand landete und liegen blieb. Oben züngelte eine Stichflamme herauf und für einen Augenblick flammte ein heller Schein im weißen Licht auf, welcher dann rasch in sich zusammenfiel. Lediglich ein kleiner Ascheberg blieb zurück.

Doch noch eine weitere Ungereimtheit geschah – eben diese einzelne Feder setzte sich genauso in Brand wie zuvor der große Vogel. Auch hier war ein winziger Rest Asche sichtbar, der nun auf dem feuchten Sandboden lag.

Bald regte sich etwas in diesem Aschehäufchen. Ein winziger grauer Vogel, kleiner als ein Zaunkönig, bewegte sich darin. Während oben ein größerer Vogel, der wie ein Eichelhäher aussah, dem Ascheberg entstieg. Noch waren beide Geschöpfe hilflos und jung. Sie benötigten Futter und machten sich gleich mit tapsenden, unsicheren Schritten auf die Suche. Während der größere Vogel in der Nähe einige Samenkörner in dem Waldgebiet zwischen den Steinen aufpickte, lief das kleine Tier unten am Strand entlang, um hinter einer Düne zu verschwinden. Auch er fand Zuflucht in dem großen Waldgebiet und hatte kurze Zeit darauf Würmer gepickt und Samen gefunden. Gewöhnlich fraßen diese Vögel keine Insekten oder Würmer. Der kleine Vogel hatte bereits eine stattliche Zahl Käfer, Schaben und Würmer verspeist und eine erste Veränderung vollbracht, die sein weiteres Leben prägen würde – er wurde zum Fleischfresser. Sein Zwilling blieb Vegetarier, wie es ihm durch seine genetischen Eigenschaften vorherbestimmt war. Innerhalb kürzester Zeit wuchsen beide Tiere heran, erreichten ihre endgültige Größe, die dem eines Adlers glich. Sie behaupteten sich in ihrer Umgebung, erkundeten die Territorien und drangen tiefer in die menschlichen Siedlungen ein.

Vorsichtig zog Theresa ihrem Falken den Sichtschutz von den Augen. Das kluge Tier schloss geblendet von der plötzlichen Helligkeit für einen Moment die Augen. Dann drehte es seinen Kopf und verschaffte sich rasch einen Überblick über das Gelände. Sie befanden sich auf einer riesigen, lang gestreckten Lichtung, die zu einer Seite mit felsigen Wänden umschlossen wurde. Sie streichelte ihm sanft über das Gefieder, senkte den Arm und ließ seine lederne Fußfessel los.

Majestätisch erhob sich der Falke und schwang sich im Auftrieb des Windes empor. Er stieg hoch und war schon bald oben an der Felsenklippe angekommen. Theresa ließ ihm die Freiheit, einige Runden zu drehen, und lockte ihn schließlich mit einem Stückchen Fleisch zur Belohnung. Er hatte sie verstanden, denn er war gut ausgebildet worden. Schon stürzte er sich in die Tiefe, um auf ihrem ausgestreckten Arm zu landen.

Plötzlich tauchte ein weiteres, größeres Tier in seiner Flugbahn auf und schubste den Falken mit seinen Flügeln beiseite. Dabei stieß es einen seltsam rauen Laut aus. Der junge Falke geriet ins Trudeln, drohte abzustürzen, über den Baumwipfeln fing er sich aber wieder der. Indes riss der fremde Vogel das dargebotene Stück Fleisch mit seinen großen Klauen aus der glücklicherweise behandschuhten Hand. Er jagte wie ein Raubvogel, doch seine Körperform war anders.

Theresa war von dem merkwürdig anmutenden Vogel überrumpelt worden. Ihre Sorge galt dem Falken, während der *gefiederte Fleischdieb* sich längst wieder hinauf auf die Klippen geschwungen hatte. Der Falke landete auf ihrer Hand und zupfte am Handschuh herum. Rasch nahm sie ein Stück Fleisch, welches sie ihm als Belohnung gab. Der fremde Vogel war aus ihrem Sichtfeld verschwunden. Rasch stülpte sie dem Falken den ledernen Kopfschutz über. Dann untersuchte sie ihn vorsichtig. Geduldig ließ er sie gewähren. Offenbar hatte er keine Verletzungen davongetragen. Glücklicherweise war er nur von den Schwingen des fremdartigen Greifen berührt worden. Theresa beobachte noch eine Weile den Himmel, doch das fremdartige Tier blieb verschwunden.

Daheim berichtete sie ihrem Vater von dem seltsamen Erlebnis. Einen Augenblick lang sah der Vater sie stumm an. „Auf einigen Höfen in der Umgebung sind Hühner verschwunden, sogar Gänse – ausgewachsene Tiere – das kann kein normaler Greifvogel sein. Es scheint eine neue Lebensform zu sein, die sich entweder verirrt hat, oder ein mutierter Greifvogel."

„Ein mutierter Greifvogel?" Theresa schüttelte den Kopf. „Das Gefieder war farbenprächtig – so etwas habe ich vorher nie gesehen. Das Tier schien im Kopfbereich einem kleinen Drachen zu ähneln – ja, mit einem massiven Kopf."

„Einem kleinen Drachen? Bist du dir sicher, Kind?"

„Ja, diese Beschreibung passt am ehesten." Verständnislos sah Theresa ihren Vater an.

„Zeichne die Körperform auf!", drängte der Vater plötzlich, als habe er eine Ahnung von dem, was sie gesehen haben könnte.

Theresa gab sich Mühe, Einzelheiten und Konturen aufzuzeichnen. Alles war sehr schnell gegangen, sie hatte den Vogel nur kurz in der Luft gesehen.

Ihr Vater atmete tief ein.

„Kennst du dieses Tier? Hast du es schon mal gesehen?"

Er blieb die Antwort schuldig, ging stattdessen an die Truhe und holte ein sehr altes Buch mit vergilbten Blättern und Zeichnungen heraus. Er suchte nach einer Seite und schlug sie auf. Die Zeichnung von Theresa legte er stumm dazu.

Neugierig sah Theresa sich die Bilder an. „Es war ein Phönix? ... Aber der Vogel, den ich sah ..." Sie machte eine kurze Pause. „... sieht ihm nur bedingt ähnlich."

„Vielleicht wurden seine Merkmale durch eine Laune der Natur verändert – denk an weiße Lämmer mit roten Augen. Es sind Albinos – sie haben gleiche Merkmale und doch sehen sie anders aus."

„Wenn der sagenhafte Vogel sich verändert, wird er dann mit den Veränderungen wieder aus der Asche auferstehen, wenn seine Zeit gekommen ist ...?" Fragend sah Theresa ihren Vater an.

„Ich habe keine Antwort darauf! Merkwürdig, dass du gesehen hast, wie er Fleisch fraß und den Falken angriff. Vielleicht war es Futterneid. Aus den Büchern weiß ich, ein Phönix frisst kein Fleisch ...! Wir sollten den mysteriösen Vogel zu suchen, ehe er Unheil anrichtet. Ich glaube, etwas stimmt nicht mit ihm! Vielleicht ist dieses Tier krank und bedarf unserer Hilfe. Der Phönix ist ein heiliges Tier und wurde seit Anbeginn der Menschheit verehrt."

Grimmig sah ihr Vater aus dem Fenster in den bewölkten Himmel. Die Sache gefiel ihm gar nicht. Wenn der Phönix erschien, war es immer ein gutes Zeichen, doch dieser ... Er wagte es nicht, den Gedanken zu Ende zu denken.

Zur Mittagszeit gingen Vater und Tochter zur Lichtung. Den Falken hatten sie erneut mitgenommen und ließen ihn fliegen, damit der ominöse Vogel vom Morgen erneut aufmerksam wurde. Sie suchten mit den Augen den Himmel, die Baumwipfel und Klippenränder ab. Doch es zeigte sich kein weiterer gefiederter Jäger.

Am Waldrand, nahe dem Dorf, war das andere Tier gesehen worden. Aufgeregt kam die Frau von Fischer Wilm zu ihnen. „Wir haben am Morgen den großen, bunt schillernden Vogel gesehen, er ist im Wald nördlich der Birkenlichtung! Die Männer meinen, wir sollten ihm den Garaus machen, damit er nicht die Fische aus dem See holt, nachdem er sich bereits Gänse und Hühner geschnappt hat!" Ärger schwang in ihrer Stimme mit.

„Beruhige dich, Tilda. Du sagst zur Mittagszeit?", fragte Theresas Vater nach. „Theresa hat ebenfalls einen Vogel nahe den Felsen gesehen. Es erscheint unwahrscheinlich, dass er an zwei Stellen gleichzeitig war. Es gibt für mich nur eine Erklärung – es sind zwei Vögel der gleichen Gattung!"

„Das ist ja noch schlimmer", jammerte Tilda. „Was willst du tun?"

„Ich weiß es noch nicht, doch wir sollten die Tiere lebend fangen. Möglicherweise sind es harmlose Tiere, die man Benu nennt!"

Sprachlos schüttelte Tilda den Kopf. Sie wusste nicht, was ein Benu war, und lief schnurstracks zurück in ihr Haus, um die Neuigkeiten weiterzuerzählen.

„Viel Zeit bleibt uns nicht. Die Leute sind übellaunig, da ihnen die Nahrung genommen wurde. Wir müssen Netze spannen und versuchen, beide Vögel einzufangen!", erklärte der Vater.

„Warum hast du Tilda nicht gesagt, dass es Phönixe sind?"

„Sie würden sofort Jagd auf die Wesen zu machen, damit sie ihre bunten Federn verkaufen können, und hoffen, dass sie Wünsche erfüllen! Der Phönix besitzt viele magische Eigenschaften, doch nur die wenigsten wissen davon. Eine ist die, so erzählt man sich, dass er sprechen kann wie ein Mensch. Wenn er ein Geheimnis hütet, wird er versuchen, es zu lüften, dafür kehrte er auf die Welt zurück. Wenn wir mutig sind und Glück haben, können wir dabei helfen."

Am gleichen Abend machten sie sich daran, feinmaschige Netze über das Hühnergehege und die Obstbäume zu legen. Die ganze Nacht knoteten sie aus dünnem Garn Netze und fielen kurz vor Anbruch des Tages in einen leichten Schlaf.

Das Gaggern der Hühner und Schnattern einige Gänse riss sie aus dem Schlaf. Der Tag dämmerte gerade erst herauf, ein schmaler, heller Streifen zeichnete sich am Horizont ab. Noch war alles still im Dorf. Doch irgendetwas hatte die Gänse alarmiert. Theresa nahm die Schrotflinte und ging hinaus.

Am Hühnergehege stand ein großer, prächtiger Vogel an der Türe zum Stall. Theresa war erschrocken wie fasziniert von der Schönheit dieses seltenen Vogels. Er wirkte wie ein kostbares Juwel, schön und schützenswert. Schnell fing sie sich und erinnerte sich an die Geschehnisse. Der Vogel hatte sie stumm angesehen und blieb regungslos stehen, als hinge sein Handeln von ihren weiteren Reaktionen ab. So standen sie sich gegenüber, Auge in Auge, und der Vogel senkte den Kopf, ehe er mit seiner kehligen Stimme zu reden begann.

„Wie ich sehe, wisst Ihr, wer oder was ich bin! Doch ich war es nicht, der Euch das Fleisch aus der Hand riss – es war mein Zwilling – der, den es nie hätte geben dürfen. Ich sah ihn, als ich am Waldrand nach ihm suchte. Doch geschehen ist geschehen. Meine Mission war einfach, doch noch habe ich nicht versagt."

„Wovon sprecht Ihr? Ich weiß, dass Euer Erscheinen mit einer Aufgabe verbunden ist."

„Gebt mir bis zum Anbruch der Nacht einen Unterschlupf in Eurem Stall und geht mit dem Falken zur Klippe. Mein Bruder wird sich zeigen. Sprecht mit ihm, dass er Euch helfen muss! Die Klippenspitze wird in wenigen Tagen am Waldrand, wo Euer Dorf beginnt, wegrutschen und alles hinunterziehen. Das Gestein ist mit Lavaresten vermengt. Wenn er damit in Berührung kommt, geht er in Flammen auf. Sagt ihm, dass er es aufhalten soll, indem er am Waldrand die Klippe mit den Krallen aufreißt, versprecht ihm im Gegenzug eine große Fleischration!"

„Wozu soll das gut sein – wir werden alles verlieren. Die Häuser, den Wald, vielleicht auch unser Leben!" Theresa versuchte zu verstehen, doch sie entdeckte keine Weisheit in seinen Worten."

„Wenn er mit den Krallen den Boden und die Kalkwand aufreißt, bleibt das Dorf verschont, nur der bewaldete Teil stürzt hinunter, und er stößt auf den Lavastein. Wir werden aus Feuer geboren, doch es vernichtet uns auch."

„Was wird aus Euch? Wie sieht Eure Aufgabe aus?", fragte Theresa.

„Ich werde weiterfliegen, der Sturm hat mich weit vom Kurs abgebracht. Dort, wo Eis und Schnee sind, oben im Norden, im Land der Geysire, werde ich gebraucht."

Theresas Vater war hinzugekommen. Er hatte einen Teil des Gespräches mitbekommen. Rasch öffnete er einen Verschlag am Stall und schickte den Vogel hinein.

„Er tut gut daran, sich zu verstecken, die Dorfbewohner werden Jagd auf beide machen, hier wird ihn hoffentlich niemand vermuten.“

Theresa packte ihren Rucksack, während der Vater die Tiere versorgte. Dem Phönix stellte er eine Schüssel mit Getreidekörnern bereit. Das wunderschöne Tier bedankte sich erfreut über die Fürsorge und wünschte ihnen Glück für das Vorhaben.

Vater und Tochter machten sich mit ihrem Falken au den Weg. An den Klippenrand angekommen, ließen sie den Falken fliegen und belohnten ihn wie üblich mit Fleischstückchen. Es dauerte nicht lange und der Zwillingsphönix erschien. Er wollte das Fleisch aus der Hand des Falkners holen, als dieser blitzschnell den Arm sinken ließ. Der Vogel war bereits sehr tief geflogen, durch den sich senkenden Arm flog er noch tiefer, als er mit seinen großen Schwingen abfangen konnte. Offenbar hatte er sich auf das Fleischstück konzentriert, welches er unbedingt haben wollte. Er trudelte und landete wenig graziös.

„Was denkt Ihr Euch, Falkner“, krächzte der Phönix erbost.

„Es geht um einen Vorschlag, den ich Euch unterbreiten möchte“, antwortete Theresas Vater.

Das große Tier breitete angriffslustig seine Flügel aus, was ihn furchteinflößender aussehen ließ, und machte einige Schritte auf sie zu. „Was solltet Ihr mir anzubieten haben?“

Der Falke war auf Theresas Arm gelandet und saß dort still, abwartend.

„Unser Dorf ist in Gefahr – in wenigen Tagen wird die Klippe mit dem Wald und vielleicht unserem Ort abrutschen. Euer Zwilling erzählte es mir, ehe er weiterflog, dass Ihr mehr Kraft habt, weil Ihr Fleisch verzehrt. Wenn Ihr mit Euren Krallen den Boden und die Kalkwand aufreißen würdet, bliebe unser Dorf verschont. Wir würden im Gegenzug für Fleisch sorgen, damit Ihr nicht unsere Enten, Gänse oder Hühner wegfangen müsstet. Was sagt Ihr zu dem Angebot?“

„Mein Zwillingsbruder ist weitergeflogen ...! So viel Fleisch, wie ich benötige, um satt zu werden?“, fragte er lauernd. „Gebt Ihr mir auch etwas anderes, wenn ich es fordere?“

„So viel, um satt zu werden, und alles andere, was ich Euch geben kann, darauf gebe ich mein Wort!“

„Als Pfand behalte ich Eure Tochter“, bestimmte der Vogel argwöhnisch.

„Aber dieser Teil der Klippe wird hinunterstürzen, sie wird sterben!“, rief der Falkner verzweifelt.

„Das ist meine Bedingung!“, erwiderte das Tier hart.

Der Falkner sah zu seiner Tochter hinüber. In ihren Augen sah er die Angst, doch er hatte sein Wort gegeben, ihm alles andere zu geben, was der Phönix fordern würde. Er hatte nicht mit der tiefen Boshaftigkeit des Tieres gerechnet.

Theresa ging langsam mit dem Falken auf dem Arm zu ihrem Vater. „Warum haben wir uns nur darauf eingelassen, Vater ...?“ Verzweifelt sah sie ihn an.

„Es ist noch nicht zu spät, Kind, schick den Falken los, er wird zurückfliegen. Sein Ruf wird den wahren Phönix verständigen“, raunte er, während er den Arm beschützend um sie legte.

„Was ist nun, geht auf meine Bedingung ein, oder lasst es!“, krächzte der Vogel ungehalten.

„Wir haben eine Übereinkunft und Ihr mein Wort“, antwortete der Falkner besonnen. Laut an seine Tochter gewandt sagte er: „Lass deinen Falken ein letztes Mal fliegen“.

Theresa flüsterte leise: „Flieg heim, schrei so laut du kannst ...“

Der Falke sah sie an und sie hob ihren Arm. Rasch gewann er an Höhe und war fast über dem Dorf, als sie ihm noch hinterher sah. Sie verabschiedete sich von ihrem Vater. Sie fühlte sich wie eine der Jungfrauen, die, wie im Märchen, einem Drachen zum Fraß vorgeworfen würde ...

Ihr Vater war zurückgegangen. Nun stand sie allein auf der Klippe, betete und hoffte, dass der wahre Phönix es rechtzeitig schaffen würde ... Aber was sollte er schaffen? Seinen Bruder zu vernichten oder sie retten? Vielleicht war der Plan aberwitzig wie aussichtslos, dennoch: Die Hoffnung blieb.

Der Falke hatte über dem Haus seinen Ruf ausgestoßen. Immer wieder ertönte sein Ruf. Der Phönix erkannte den Ruf des Falken. Er lauschte einen Augenblick. Der Falke wirkte aufgeregt, zudem waren keine Geräusche von den Menschen zu hören ... Mit einem gewaltigen Sprung durchbrach der Phönix die Holztür. Er schwang sich in die Luft, wobei ihm der Falke den Weg wies. Die Klippe erbebte durch die massive Kraft.

Der riesige Schatten über Theresas Kopf konnte nur bedeuten, dass der richtige Phönix gekommen war. Sie sah in den Himmel, blickte in die ausgestreckten Krallen des Tieres, welche sie packten und aufhoben. Sie segelte durch die Luft, als die Klippe brüchig wurde. Sanft wurde Theresa am Waldrand neben ihren Vater abgesetzt. In diesem Augenblick hörten sie ein Grollen wie von einem Donnerschlag, die Erde unter ihnen bebte. Die Klippe mit dem dazugehörenden Wald brachen ab. Der bösartige Phönix wurde mitgerissen. Braune und weiße Gesteinsbrocken landeten auf seinem Gefieder. Er konnte sich nicht mehr retten und aufschwingen. Lavagestein versengte sein Federkleid, er ging in Flammen auf, so als sei seine Zeit erneut gekommen. Der wahre Phönix flog rasch über die Stelle, wo die Asche lag, und schnappte im Flug mit dem Schnabel nach den verkohlten Resten. Diese schluckte er hinunter, dann kehrte er zum Falkner und seiner Tochter zurück.

„Es ist vollbracht! Es wird keine Wiedergeburt durch die Flammen geben!"

„Wir danken Euch – von ganzem Herzen", sagte der Falkner gerührt und drückte seine Tochter an sich. „Wäre uns Eure Hilfe nicht zuteilgeworden ..." Er ließ den Satz unvollendet.

„Nun, so haben wir einander geholfen", flüsterte der Phönix dankbar. „Doch es ist an der Zeit, mein Ziel zu erreichen."

Theresa nickte. Dann fasste sie sich ein Herz und fragte: „Habt Ihr einen Namen?"

„Ja, einen sehr alten, er lautet Vivere – für Leben!"

„Deshalb habt Ihr also mein Leben gerettet. Werden wir einander wiedersehen?"

„Ich sagte ja, weit oben im Norden, im Land der Geysire, werde ich gebraucht, um vielleicht nie wieder zurückzukehren, denn unsere Zeit läuft ab. Lebt wohl!", rief er und schwang sich majestätisch hinauf in die Luft.

Dorothea Möller *schreibt seit ihrer Schulzeit Kurzgeschichten in verschiedenen Genres. Sie lebt und arbeitet als freie Autorin in Westfalen. Mehr über ihre Person, Geschichten sowie Leseproben finden Sie unter www.Dorothea-Moeller.de.*

Die Funken des Phoenix

Ich sah ihn fallen. Getrieben von den Winden um ihn herum verlor er an Höhe, schien nicht zu wissen, wohin mit sich. Er wurde kleiner und kleiner, bis er fast nicht mehr zu erkennen war. Wurde durch die Lüfte gewirbelt. Ich sah die Angst, die Panik in seinen Augen und den Wunsch, zu entkommen.

Ich hörte den Klang seines Rufes in meinen Ohren. Wünschte mir, ihm helfen zu können. Doch es stand nicht in meiner Macht. Ich war Beobachterin, aber keine Person, die handeln konnte.

Ich fühlte den Schlag seiner Flügel, mit dem er versuchte, sich zu befreien. Wieder selbstbestimmt zu sein und sich aus den Winden, aus den Stürmen zu befreien. Aus der Dunkelheit zu entfliehen.

Aus der Dunkelheit? Oder aus dem zu grellen Licht?

Ich nahm meine eigene Schwerelosigkeit wahr. Meine eigenen Höhen und Tiefen, mein eigenes Rufen, meine eigenen Stürme. Die Dunkelheiten und das Licht in mir und um mich herum, was manchmal so gegensätzlich wirken kann und doch gut zusammenwirken kann. Mein Blick glitt in die Ferne. Ich sah das Gold der Morgenröte langsam seine ersten glitzernden Sprenkel über den Himmel werfen. Ich sah die Bergspitzen, die sich schemenhaft zu erkennen gaben. Mein Blick glitt ab.

Dann fand ich ihn wieder. Ich sah seine Entschlossenheit, seinen Mut. Mit kraftvollen Schlägen seiner Flügel erhob er sich empor. Ich blickte ihm nach. In dem Augenblick, als er sich vor die aufgehende Sonne schob, flammte das Licht auf. Tausende Lichter stoben auseinander. Sie fielen Richtung Boden und für einen kurzen Augenblick dachte ich, sie würde verglühen. Furcht erfüllte mich, weil ich machtlos war und nichts von dem verhindern konnte, was sich nun vor meinen Augen abspielen würde.

Doch da konnte ich ihn wieder sehen. Seine lichtumwobene Figur. In dem Moment, als der Phoenix seinen Kopf hob und ich seine blitzenden Augen sah, erfasste mich neuer Mut.

Mit starken Flügelschlägen glitt er durch die Luft. Ich wurde still und lauschte. Der Sturm hatte sich gelichtet. Vielleicht würden sich auch meine Stürme lichten.

Carina Georg

Mina

Glitzernde Sonnenstrahlen küssten die Ostsee und tauchten Travemünde in ein goldenes Licht, als Oma Gabi mit ihrer Enkelin Mina über den Parkplatz Leuchtenfeld schlenderten. Mina hüpfte fröhlich an der Seite, während Oma Gabis Augen voller schelmischer Vorfreude funkelten. Die salzige Meeresbrise vermischte sich mit dem Duft der Kiefern. Die Möwen kreisten über ihnen, während die Wellen leise am Ufer plätscherten. Oma Gabi, eine jung gebliebene Frau mit einem ansteckenden Lachen, hatte den heutigen Ausflug ganz genau geplant. Sie kannte Minnas Unsicherheit genau. Dieser wollte Oma Gabi nun mit einem Besuch in dem Hochseilgarten zu Leibe rücken, um ihrer Enkelin einen gehörigen Motivationsschub zu verpassen. Mina, ein Mädchen mit einem Herz voller Glitzer, war ein eher zurückhaltendes Kind. Sie liebte es, in Geschichten zu schwelgen, in denen mutige Prinzessinnen Drachen besiegten und Abenteuer auf fernen Inseln erlebten. Doch im wahren Leben traute sie sich oft wenig zu – aus Angst zu versagen.

Der Kletterwald lag direkt hinter dem Parkplatz Leuchtenfeld. Hier summte es vor fröhlichem Treiben. Bunte Kletterseile und knarzende Holzplattformen schlängelten sich zwischen hohen Bäumen. Wagemutige Kletterer schwebten durch die Lüfte.

Mina musterte die Parcours mit großen Augen. „Oma, das sieht aber ganz schön hoch aus. Schaffe ich das denn überhaupt?“ Ein Hauch von Zweifel war ihrer Stimme zu entnehmen. Minas goldenen Armreifen klimperten leise, als sie zaghaft Oma Gabis Hand nahm.

Oma Gabi, mit ihren grauen Locken und einer unerschütterlichen Lebensfreude, strahlte sie ermutigend an. „Mina, heute werden wir den Hochseilgarten erkunden. Du wirst sehen, es wird Spaß machen!“, sagte Oma Gabi und zwinkerte.

Doch Mina hatte ihre Zweifel. Was, wenn sie etwas nicht schaffte? Was, wenn sie stürzte?

Nachdem sie ihre Sicherheitsgurte angelegt hatten, führte Oma Gabi Mina zur ersten Plattform. Mina blickte ängstlich nach oben zu den schwebenden Seilen und Holzplanken. Doch bevor sie einen Schritt machen konnte, stolperte Oma Gabi über eine Wurzel und landete direkt im Gebüsch.

„Oma! Bist du okay?", rief Mina erschrocken.

Oma Gabi lachte, während sie sich aus dem Gebüsch befreite. Sie zupfte ein paar Blätter aus ihren Haaren. „Alles in Ordnung, mein Schatz. Siehst du, manchmal passieren Missgeschicke. Das ist kein Weltuntergang."

Zunächst ging es für die beiden spielerisch durch die ersten Parcours. Mina kletterte zaghaft, doch mit Omas aufmunternden Worten und dem Gefühl der Sicherheit wuchs ihr Mut. Sie balancierte über wacklige Baumstämme. Sie hangelte sich von Seil zu Seil und genoss das Gefühl der Freiheit in luftiger Höhe. Doch dann kam der Parcours der *Königlichen Herausforderung*. Hier hingen Seile in unregelmäßigen Abständen. Die Griffe waren feucht und dadurch rutschig.

Minnas Herz klopfte wie wild. Sie zögerte. Angst lähmte ihre Glieder. Oma Gabi kniete sich hin. Sie nahm Minnas Gesicht in ihre Hände und sah ihr tief in die Augen.

„Mina, mein Schatz", sagte sie mit fester Stimme, „du bist stärker, als du denkst. Vertraue auf dich und deine Fähigkeiten. Und vergiss nicht: Selbst wenn du mal strauchelst, ist das noch lange kein Grund aufzugeben. Steh einfach wieder auf. Putze deine Glitzerknie ab und versuche es erneut. Wie ein Phönix aus der Asche!"

Minas Herz klopfte vor Aufregung, als sie mit Oma Gabi die endlos wirkende Leiter hinaufkletterte. Stufe für Stufe wuchs ihr Selbstvertrauen. Sie balancierte auf wackeligen Holzbrücken. Sie hangelte sich von Ast zu Ast und überwand mit jedem Hindernis ein Stück ihrer Angst. Plötzlich, mitten im Parcours, passierte es: Minnas Fuß rutschte aus und sie baumelte hilflos an einem Seil. Tränen der Enttäuschung stiegen ihr in die Augen. Doch dann, aus dem dichten Blattwerk neben ihr, huschte ein kleines Eichhörnchen hervor.

„Hallo, Mina", sagte das Eichhörnchen leise und nur für Mina hörbar. „Ich bin Nuss. Ich bin hier, um dir zu helfen."

Mina blinzelte verwundert: „Du ... du kannst sprechen?"

„Ja, aber nur du kannst mich hören. Hab keine Angst. Ich werde dir helfen." Mit großen, klugen Augen sah es Mina an und sprach in einer leisen, nur für sie hörbaren Stimme weiter: „Du schaffst das, Mina! Vertraue auf deine Kraft und gib nicht auf! Rechts neben deinem Fuß ist der schmale Balken. Du musst nur dein Fuß ganz leicht anheben und nach rechts schwenken. Dann kommst du wieder in den Tritt."

Minas Herz erhellte sich. Das Eichhörnchen hatte ihr Mut gemacht. Mit neuer Entschlossenheit griff sie wieder nach dem Seil und hob den rechten Fuß an. Sie kämpfte sich weiter. Schritt für Schritt balancierte sie voran.

Nuss flüsterte ihr aufmunternde Worte zu. „Du schaffst das, Mina. Wie ein Phönix aus der Asche!"

Mina kicherte: „Das hat Oma auch schon gesagt." Mina spürte, wie ihr Selbstvertrauen wuchs. Sie erklomm höhere Plattformen und überquerte schwingende Brücken.

Während einer kurzen Pause erzählte Oma Gabi von ihren eigenen Abenteuern. „Weißt du, Mina, ich war auch einmal schüchtern. Aber dann habe ich gelernt, dass es wichtig ist, sich etwas zuzutrauen. Selbst wenn etwas schiefgeht, ist das kein Weltuntergang."

Am Ende des Tages standen sie beide glücklich und stolz am Ausgang des Hochseilgartens. Mina strahlte und ihre Augen funkelten heller als ihre glitzernden Armreifen.

„Danke, Oma. Danke, Nuss", sagte Mina, während sie das Eichhörnchen in einer Baumkrone verschwinden sah.

Oma Gabi legte den Arm um Mina und lächelte. „Du warst großartig heute, Mina. Du bist über dich hinausgewachsen."

Als sie gemeinsam den Heimweg antraten, wusste Mina, dass dieser Tag in Travemünde ein Wendepunkt in ihrem Leben war. Mit dem Wissen, dass sie mutig und stark sein konnte, blickte sie voller Zuversicht in die Zukunft.

Simone Lamolla *(geboren 1979) ist eine leidenschaftliche Hobby-Autorin, die Abenteuer und ein Hauch von Magie in ihren Geschichten vereint. Wenn sie nicht schreibt, wandert sie gerne an der Ostsee, fotografiert oder probiert sich als Kleingärtnerin aus. Einige Kurzgeschichten wurden bereits in Anthologien bei verschiedenen Verlagen veröffentlicht. Instagram: @la_mone_hansedeern.*

Die Prinzessin und das verlorene Reich

Vor Jahrhunderten, in einer Zeit der Blüte, wurde ein prächtiges Reich durch einen gewaltigen Vulkanausbruch vernichtet. Städte, Gärten und Märkte verschwanden unter einer dicken Schicht vulkanischer Asche. Diese einst lebendige Landschaft verwandelte sich in ein trostloses Ödland, fast vollständig aus der Geschichte gelöscht und in den Schatten der Vergessenheit gedrängt.

In einem kleinen, abgelegenen Königreich wuchs Prinzessin Lena auf, die letzte Nachfahrin des einst herrschenden Königshauses dieses untergegangenen Reiches. Ihre Kindheit war durchtränkt von den Erzählungen ihres Großvaters, der vor dem Kamin saß und von den goldenen Hallen und den weiten, fruchtbaren Feldern erzählte, die einst unter der Asche begraben worden waren. Diese Geschichten prägten Lena tief und weckten in ihr den Wunsch, das Reich ihrer Vorfahren wiederzuentdecken und zu seiner alten Herrlichkeit zurückzuführen.

An ihrem achtzehnten Geburtstag entschied sie sich, die Suche selbst in die Hand zu nehmen. Zusammen mit einer alten Weisen, die die Kunst der Magie beherrschte, rüsteten sie sich für die lange Reise, die vor ihnen lag.

Eines Nachmittags, als der Himmel sich unheilvoll verdunkelte, führte ihr Weg sie in ein schmales Tal. Plötzlich und ohne Vorwarnung begann der Boden unter ihren Füßen zu beben und Steine lösten sich krachend von den Klippen über ihnen.

„Hörst du das?“, fragte Lena erschrocken.

Die alte Weise erkannte sofort die Gefahr. „Schnell, Lena! Das ist kein gewöhnliches Beben“, rief sie und drängte die Prinzessin hinter einen massiven Felsblock. Dann zog sie einen kristallenen Stab hervor und murmelte eine Reihe von alten, melodischen Zaubersprüchen. Während sie den Stab durch die Luft schwang, intensivierte sich das sanfte, grünliche Leuchten im Kristall am Stabende, bis es sich schließlich zu einer schimmernden Kuppel aus Energie ausbreitete, die sie vollständig umhüllte.

Kaum hatten sie sich unter dem schützenden Schild positioniert, prasselte der Erdrutsch mit voller Wucht nieder. Große Felsbrocken und Geröll prallten gegen das magische Schutzfeld, das mit einem Summen und Zischen standhielt und sie vor den tödlichen Geschossen bewahrte.

Nach einigen langen, angespannten Momenten ließ das Beben nach und die Steine hörten auf zu fallen. Die Stille, die folgte, war ohrenbetäubend. Die alte Weise ließ den Stab sinken, das Licht darin erlosch allmählich.

„Magie“, sagte sie, „ist das tiefste Wissen um die Welt, das uns gegeben ist.“

Alles um sie herum war verändert – das Chaos des Erdrutsches hatte die Landschaft neu geformt. Doch es gab keinen Moment zum Innehalten, denn ihre Mission drängte sie weiter voran. Sie setzten ihre Wanderung fort, der Spur der Zerstörung folgend, die sie durch immer dichtere Vegetation führte.

Der Wald war tief und geheimnisvoll, mit dichtem Unterholz und moosbedeckten Pfaden. Alte, knorrige Bäume bildeten ein dichtes Dach, das kaum Licht durchließ. Das Moos war so dick, dass es jeden Schritt dämpfte, und gelegentlich kreuzte ein scheues Reh oder ein flinker Fuchs den Weg.

Plötzlich trafen sie auf einen alten Mann. Er tauchte aus dem Nichts auf, eine schmale, gebrechliche Gestalt, gehüllt in ein langes, abgetragenes Gewand, das fast mit dem Unterholz verschmolz. Ohne jede Einführung begann der Mann zu sprechen. „Endlich bist du gekommen, Lena. Genau wie es die Sterne vorausgesagt haben. Meine Zeit hier nähert sich dem Ende.“

„Aber wie konntet Ihr das wissen? Und wer seid ihr, dass ihr meinen Namen kennt?“, fragte Lena erstaunt.

„Ich habe die Geschichten deines Großvaters verfolgt, als du noch ein Kind warst, und wusste, dass der Tag kommen würde, an dem du hier stehst.“ Der alte Mann zog eine Feder aus seinem Gewand. „Diese Feder wird den Weg weisen und die Asche beseitigen, die unser einst glorreiches Reich verbirgt. Sie gehört nun dir als Zeichen meines Vertrauens und der Hoffnung, die ich in deine Bestimmung setze.“

Lena nahm die Feder in die Hand. „Ich werde nicht zulassen, dass die Geschichte unseres Reiches hier endet“, sagte sie leise.

Lena und die alte Weise gingen durch die dunklen Wälder, bis sie die Grenze des verschütteten Reiches erreichten, markiert durch einen halb verfallenen Torbogen, der trotz der rankenden Pflanzen noch immer stolz seine einstige Pracht zur Schau stellte.

Als Lena die Feder hochhielt, begann sie sanft zu schwingen. Der graue Schleier der Asche lichtete sich, als würde er von einer unsichtbaren Kraft weggefegt. Schicht für Schicht enthüllte sich das darunter liegende Land. Verborgene Strukturen kamen zum Vorschein: die Umrisse von Gebäuden, die Reste von Straßen und Plätzen, die Konturen eines Palastes. Das alte Königreich erwachte wie ein schlafender Riese aus seinem aschigen Grab.

Die beiden betraten den Palast. Sie schoben die schwere, verzierte Tür auf, die mit Bildern von Feuervögeln und mythischen Szenen geschmückt war, und traten in den Thronsaal ein. Hohe, gewölbte Decken mit fein gearbeiteten Fresken zeigten Szenen aus der glorreichen Vergangenheit des Reiches, jetzt jedoch verblassten ihre Farben und der Putz bröckelte ab.

In der Mitte des Saales stand der alte Thron, kunstvoll aus dunklem Holz geschnitzt und mit Edelsteinen besetzt, die auch nach Jahrhunderten noch schwach im Dämmerlicht glänzten. Inmitten der Stille und des flackernden Lichts, das durch die Fenster brach, erkannten sie einen majestätischen Phönix auf dem Thron, dessen Federn in den letzten Momenten seines Lebenszyklus schimmerten.

„Lena“, begann der Phönix mit einer Stimme, die trotz ihrer Schwäche noch immer von Würde und Stärke zeugte, „ich bin der Wächter dieses Reiches, gebunden durch das Schicksal, das Ende meines Daseins zu erleben, nur um aufs Neue geboren zu werden.“

„Ihr wart der alte Mann im Wald?“

„Ja, mein Kind. In menschlicher Gestalt wandelte ich, um jene zu prüfen, die das Herz dieses Reiches suchen. Mein Leben neigt sich dem Ende zu, doch in meinem Tod wird das Reich seine wahre Herrscherin erkennen.“

„Und diese Herrscherin soll Lena sein?“, fragte die alte Weise.

Der Phönix nickte müde. „Ja. Sie trägt das Feuer der Hoffnung und der Erneuerung. In ihren Händen wird dieses Reich wieder erblühen, so wie ich aus der Asche neu entstehe.“

Mit diesen Worten begann der Phönix zu leuchten, ein sanftes, warmes Licht, das allmählich intensiver wurde. Die Luft um ihn herum flirrte von der Hitze, die sich aus seinem Körper zu lösen begann. Seine letzten Worte hallten im Raum wider: „Bewahre das Licht und führe dieses Reich mit Weisheit und Mut." Dann, mit einem letzten, tiefen Atemzug, entflammte der Phönix in einem spektakulären Feuer. Die Flammen schienen alles zu verzehren, doch sie waren wunderschön und rein, ein Feuerwerk der Farben, das den gesamten Raum erleuchtete.

Als die Flammen nachließen und die Asche sich legte, erhob sich aus den glühenden Überresten ein neuer, junger Phönix. Lena, überwältigt von der Bedeutung des Moments, kniete nieder und streckte ihre Hand aus, um ihn zu berühren. Seine Federn waren warm und das Leuchten in seinen Augen versprach eine neue Ära des Friedens für das Reich.

„Jedes Ende ist auch ein Anfang, Lena", sagte die alte Weise. „So wie der Phönix musste auch unser geliebtes Reich aus den Schatten der Vergangenheit neu geboren werden. Deine Reise, deine Entschlossenheit, sie sind der Funke, der das Feuer des Lebens hier wieder entfachte."

Volker Liebelt, *Jahrgang 1966, lebt in dem idyllischen Öhringen, einer Stadt, die seine Inspiration und Heimat gleichermaßen ist. Sein Schreibstil zeichnet sich durch die Fähigkeit aus, lebendige Bilder und Emotionen zu erzeugen, die die Leser tief in die Handlung eintauchen lassen. Die Liebe zur Natur und die Faszination für das Übernatürliche sind wiederkehrende Themen in seinen Geschichten, die oft von märchenhaften Orten und wundersamen Begegnungen geprägt sind.*

Die leuchtende Kraft

Frierend, verloren und ganz allein
saß Ramina auf einem kalten Stein.
Das Land war verloren, Zeit war's zu gehen,
vielleicht wird sie ihre Freunde nie wiedersehen.
Sie wurden betrogen, mit Zauber belegt,
Illusionen vorgegaukelt, Misstrauen gesät.
Aber sie fühlte, dass da war was im Argen
und ihre Berater vieles vor ihr verbargen.
Zu Hause konnte sie nicht handeln, hatte keine Macht,
ihren Freunden wurde das Leben nur schwerer gemacht.
So musste sie fliehen, um deren Leben zu retten,
den Verfolgern entkommen, die hingen wie Kletten.

Wenn sie es schaffte bis zum geheimnisvollen Tor,
kämen ihre inneren Kräfte leuchtend hervor.
Mit denen konnte sie die Feinde besiegen
und es herrschte danach wieder Frieden.
Gestärkt mit dem Willen ging sie wieder los
da hörte sie ein Surren. Was war das bloß?
Der Himmel wurd' dunkel, zu sehen kein Licht,
Flügel verdeckten die komplette Sicht.
Ihr treuer Vogel hatte sich befreit,
war ihr gefolgt, kein Weg war zu weit.
Glücklich vereint strich ihm Ramina
ganz liebevoll über sein Gefieder.
Gemeinsam setzten sie den Weg nun fort
zu dem geheimnisvollen Ort.

Beate Gerke, *53 Jahre, Hobbys: Schreiben, Malen. Sie wohnt in Wuppertal.*

Gon

Allister McAllister bekam an einem sonnigen Mainachmittag ein Päckchen zugestellt, in dem er ein schmales Heftchen fand – wenn man es denn so nennen möchte, da es kaum mehr als eine lose Blattsammlung zwischen zwei alternden Klappdeckeln war –, und kaum, dass er die oberste Seite des Textes auch nur zu lesen begonnen hatte, war er in einer Welt gefangen, die ihn zeit seines Lebens nicht mehr loslassen sollte: Gon.

Noch nie zuvor in seinem Leben hatte Allister McAllister von diesem Wort gehört, nicht mal in seiner Arbeit als Historiker war ihm dieses Wort untergekommen. Doch nun lag es vor ihm, und mit jeder Seite, die er verschlang, drang er tiefer und tiefer in die Welt des Gon ein, bahnte sich einen Weg durch das tiefe Wesen dieses einen Wortes und gelangte auf die andere Seite, weit entfernt von der hiesigen Welt der Gelehrsamkeit, weit entfernt von der heutigen Welt der Allwissenheit durch das Internet.

Er befand sich auf der anderen Seite der Welt, ganz gleich, von wo aus er seinen Ursprungspunkt festlegte. Dort, auf einer scheinbaren Insel, landete Allister McAllister am Strand, an dem das sanfte Meer anbrandete, und mit jedem Schritt wurde der Sand fester und fester, und als er den ersten leichten Hügel erklommen hatte, sah er in eine vor ihm liegende, geschützte Ebene voller Fruchtbarkeit hinein, durch die trotz des dichten Urwalds eine kleine Straße wand, die nur von Menschenhand angelegt worden sein konnte.

Das Urvertrauen in seinen Körper spürend, ging er einige Schritte voran, den leichten Hügel hinab, und erreichte die Straße. Sich nach allen Seiten umblickend, wunderte er sich, dass er hinter sich das Meer nicht mehr hörte, sondern nichts – es herrschte vollkommene Stille.

Er war jetzt ein Wa, ein Lehrling des Gon, die Stufe, in der die Menschen beginnen, sich über die Welt im Allgemeinen und ihre Umwelt im Speziellen zu wundern. Die kleinen Dinge beginnen aufzufallen, nicht die großen, weltbewegenden, sondern die Nuancen, die Schattierungen, und nicht selten fällt es dem Einzelnen schwer, sich gerade auf diese Details zu konzentrieren, insbesondere, wenn er aus einer Welt kam, in der das große Ganze das Allheilmittel jeden Zusammenhangs zu sein erscheint.

Plötzlich spürte er auch, trotz seines festen Schuhwerks, den sandigen Boden unter seinen Füßen, vernahm Unebenheiten und kleine Einsenkungen, begann, einzelne Sandkörner zu spüren, und hätte sich vielleicht sogar in diesem Spüren verloren, wenn er nicht aufgemerkt hätte. Er sah auf und vor sich jene Straße, die nun nicht mehr unendlich tief in den weiten Urwald führte, sondern einer Linienstruktur folgte, die zwar nicht symmetrisch, aber auf ihre Weise rhythmisch war.

Allister McAllister blieb stehen, um die neue Entwicklung zu verstehen, denn es lag in seinem Wesen, die Dinge in seiner Umgebung nachzuvollziehen und zur Gänze verstehen zu wollen. Daher war er an die Universität gegangen und dortgeblieben, hatte sich stets dafür interessiert, was hinter der nächsten Frage steckt, die man stellen kann, so lange zu einem bestimmten Thema, bis alle Fragen geklärt sind – auch wenn er selbst wusste, dass dieser Zustand niemals erreicht würde – aber was macht das schon, so lange man sich versucht, auf dieses Ziel hinzubewegen?

Doch hier, auf dieser Insel, hinter sich die Brandung, unter sich die einzelnen Sandkörner, vor sich die unrhythmisch rhythmische Straße durch den Urwald, der dann doch kein Urwald war, schien es keine Fragen mehr zu geben; es war ganz, als ob die Fragen hier an diesem einsamen Ort auf der Welt – war er noch auf dieser Welt? – ein Ende finden.

Hier finden alle Fragen ein Ende! Das dachte Allister McAllister und ging mit einem weiten Schritt in Richtung des Herzens der Insel, sah mit jedem weiteren Schritt, wie die sich unrhythmisch rhythmisch schlingende Straße sich gerade zog, wenn er dorthin kam, und er ging und ging weiter fort, tief hinein in den Urwald, der zu einem lichten Wald wurde, dann zu einer Allee, und schließlich, als nur noch eine gerade Linie von Bäumen eine unendlich scheinende, gerade Straße säumte, da vernahm er mit einem Mal eine Melodie in seinem Ohr. Diese Melodie war ihm völlig unbekannt, so etwas hatte er noch nie gehört, und just in dem Moment, in dem er verstand, dass es die Musik der Natur war, die einzigartige Musik der allumfassenden Natur, da wurde er zum Ra und gelangte damit auf die dritte Stufe des Gon. Nun war er ein Gon-Wa-Ra und ging als Wissender Meister die gerade Allee mit der geraden Baumreihe entlang, die so gar nichts mehr mit dem Urwald und der Sanddüne und dem anbrandenden Rauschen des Meeres gemein hatte, das er zuvor erlebt hatte.

Urplötzlich, als käme es aus dem Nichts – und auch für Allister McAllister völlig unerwartet –, endete die Baumallee und es blieb nur die Straße. Doch auch die endete bald schon und es blieb nur die Umgebung, die mit jedem weiteren Schritt eintöniger und eintöniger wurde, bis sie in einem einzigen Farbton war – einem melangierten Braun, in das alle Farben zusammenliefen. Alsdann verschwammen auch noch die Konturen und nach den Konturen verblasste das melangierte Braun, wurde heller und heller, und nach einer Weile des Vorangehens – auf welchem Grund? – gelangte der Gehende an den Punkt, dass er im konturlosen Weiß stehen blieb.

Er stellte sich nicht die Frage, worauf er stand, ob er Luft atmete oder nicht, ob das seine Gedanken waren oder nicht – denn es hatte keinen sonderlichen Wert, diese Gedanken zu haben. Es hatte gar keinen Sinn, auch nur irgendeinen Sinn zu suchen in dieser Welt, in dieser Nichtwelt, in die Allister McAllister kam, um zu etwas zu werden, was sich Gon-Wa-Ra-Ta nennt und ein Gona in der Welt des Gon ist, die letzte Stufe der Erkenntnis.

Somit blieb er stehen und begriff, unabhängig von seinen Nichtgedanken, dass er am Ende seiner Reise angelangt war, die von der losen Blattheftsammlung ausging und an diesem Ort hier endete. Genau in diesem Augenblick des Erkennens beendete er seine Reise, gelangte zurück in die Welt, aus der er verschwunden war, sah sich an dem Ort um, an dem er sich befand, bemerkte die Vielzahl an Farben, Konturen, Geräuschen und Gerüchen – und alles war ihm irgendwie übertrieben und unwichtig.

Allister McAllister war als Gona in eine Welt zurückgekehrt, die er nicht mehr verstehen konnte, aber die er vor allem nicht mehr verstehen wollte. Und so beendete er diese Reise mit dem Wissen, dass vieles verborgen liegt und dass nur sehr wenig davon von den Menschen entdeckt wird. Was für eine Verschwendung der menschlichen Talente!

Diesen Satz sagte er immer und immer wieder zu sich selbst, erkannte in der Welt ein Übermaß an Verschwendung und wurde zu so etwas wie ein Eigenbrötler, der sich immer mehr in die Welt des Gon zurückwünschte, auch wenn er ahnte, dass er nach seiner Erleuchtung niemals wieder zurückkehren würde.

Christian Knieps, *geboren 1980, lebt und arbeitet in Bonn, schreibt Romane, Theaterstücke, Novellen und Kurzgeschichte. Zuletzt: Tynn: Das Ewige Schicksal. Mehr Infos zu den Veröffentlichungen auf christianknieps.net.*

Die heilende Kraft des Phönix

Das Märchenland könnte ein Ort des Friedens sein, wären da nicht die böse Hexe und ihr Sohn Allessandro. Immer wieder schmiedeten sie böse Pläne, um den guten Märchenfiguren den Tag zu vermiesen. Was sie wohl heute Böses im Schilde führen?

Seite an Seite schritten der Osterhase und seine beste Freundin Sascha auf einen düsteren Weg zu. Recht wohl fühlten sie sich dabei nicht.

„Ist das der einzige Weg, um an Nachtschleierkraut zu kommen?", bibberte der Osterhase ängstlich.

„Leider", erwiderte Sascha. „Nur mit dem Nachtschleierkraut können wir eine spezielle Gesichtscreme herstellen, die sämtliche Unreinheiten vertreibt. Was meinst du, was die gute Fee für Augen machen wird, wenn wir ihr die Creme zum Geburtstag schenken? Außerdem weiß ich nicht, was man einer Person sonst anderes schenken soll, die bereits viel hat. Bei einem Gespräch mit der Königin des Märchenlandes habe ich zufällig mitbekommen, wie die gute Fee davon sprach, dass sie nicht mehr viel von der Creme übrig hat und sie bald wieder neue herstellen müsse. Dadurch bin ich auf die Idee gekommen, dass wir die Zutaten für die Creme besorgen, ich diese in der Hexenküche meiner Mutter zusammenbraue und wir diese der guten Fee schließlich zum Geburtstag überreichen."

„An sich ist die Idee ja toll", gab der Osterhase zu „Allerdings gefällt mir die Tatsache nicht, dass wir dafür durch den Schattenwald müssen. Der ist unheimlich. Und nicht gerade ungefährlich. Dort hausen viele dunkle Gestalten."

„Ach, Osterhase", lachte Sascha kurz auf. „Ich, die Prinzessin der Finsternis, bin doch bei dir. Ich verfüge doch selber über einen Bruchteil von Magie. Zugegeben, ich bin noch keine voll ausgebildete Hexe und mir unterlaufen hin und wieder vereinzelt kleine Fehler. Aber viele meiner Zaubersprüche gelingen."

„Wohl wahr. Und in letzter Zeit bist du viel besser geworden. Du hast mich überzeugt. Suchen wir das Nachtschleierkraut."

„Mit diesem Kraut hätten wir letztlich auch die letzte Zutat für die Gesichtscreme. Danach können wir den Wald sofort wieder verlassen."

„Darauf freue ich mich bereits."

Sascha und der Osterhase waren bereits ein ganzes Stück in die Düsternis hineingegangen, als Sascha plötzlich stehen blieb. Sie deutete in den trüben Himmel. „Da oben ist Dragon vom Drachenvolk."

„Der hat gerade noch gefehlt."

Der Drache kam näher. Und er war nicht alleine. Er wurde von einem Jungdrachen begleitet. Die beiden Freunde wollten umkehren, doch ehe sie fliehen konnten, hatte es Dragon bereits auf sie abgesehen. Blitzschnell schnellte er zu Boden und griff Sascha mit einem Feuerball an. Sascha war geschickt genug, auszuweichen. Mit schnellen Flügelschlägen wendete der Drache und griff erneut an. Beim zweiten Angriff konnte Sascha erneut ausweichen, doch der Osterhase war zu langsam und wurde von den mächtigen Krallen des Drachens erwischt.

„Osterhase!", rief Sascha erschrocken. Sie schauderte. Verletzungen durch Drachenkrallen konnten tödlich enden. Sie beugte sich zu ihrem Freund herüber und tastete vorsichtig seine Wunde am rechten Brustkorb ab. Da der Drache mitbekommen hatte, dass er mindestens eine der beiden Märchenfiguren schwer verletzt hatte, zog er wieder ab. Sascha nutzte den Augenblick, packte den Osterhasen, hievte ihn auf die Beine und schleppte ihn zu einer kleinen Höhle. Dort legte sie ihn vorsichtig auf den Boden ab.

„Danke, Sascha"

„Bleib bitte liegen, werter Freund. Ich werde mit meinen Besen zum großen Phönix eilen und versuchen, eine seiner heilenden Tränen zu bekommen. Damit könnte ich deine Wunde im Nu wegzaubern."

„Das würdest du für mich tun?", fragte der Osterhase mit Dankbarkeit in seinen Augen. „Das werde ich dir nie vergessen."

„Beweg dich nicht von der Stelle, bis ich zurückkomme. Ich werde mich beeilen. Versprochen."

Sascha griff in ihre Tasche, die sie bei Ausflügen immer mit sich trug, und holte eine Art Miniaturbesen heraus. Mit einem Zauberspruch änderte sie die Größe des Besens, schwang sich darauf und hob augenblicklich vom Boden ab. Kalt pfiff der Wind um Saschas Ohren.

Als Sascha die Höhle des Phönix erreichte, stieg sie von ihrem Besen ab. Sascha blickte sich suchend um. Dann hellte sich ihre Miene auf. Sie steuerte auf einen schwanengroßen, scharlachroten Vogel mit rotem und goldenem Gefieder zu, der gerade aus einer Quelle in der Höhle trank.

Mit seinen schwarzen Augen fixierte der Phönix Sascha, als sich diese ihm näherte. „Wer seid ihr, dass ihr mich mitten in meiner Ruhephase stört?“, fragte der Phönix.

„Entschuldigt, großer Phönix. Mein Freund, der Osterhase, wurde von einer Drachenkralle tödlich verletzt. Ich habe mich direkt auf den Weg gemacht, um dich freundlichst um deine Mithilfe zu bitten, ihm zu helfen. Eine Träne von dir würde die Wunde des Osterhasen sofort verschließen.“

„Du hast Glück, Mädchen“, erwiderte der Phönix zögernd, „dass ich von dem Osterhasen gehört habe. Er verschenkt jedes Jahr Ostereier. Auch an uns Märchenfiguren. Mein Sohn freut sich jedes Jahr

aufs Neue. Weil er anderen Freude schenkt, schenke ich ihm eine Träne. Hast du etwas dabei, um sie aufzufangen?“

Sascha nickte und holte eine Phiole aus ihrer Tasche heraus. „Die Phiole sollte ausreichen.“

Der Phönix nahm die Phiole vorsichtig mit seiner rechten Kralle entgegen, hielt sie vorsichtig an sein Auge heran und drückte eine große, schillernde Träne hinein. „Damit dürftest du dem Osterhasen helfen können“, bemerkte der Phönix, während er die gefüllte Phiole Sascha zurückgab.

Vorsichtig verstaute Sascha die Phiole in ihrer Tasche. „Ich danke dir, großer Phönix.“

„Aber einen Hinweis möchte ich dir noch geben, bevor du dich auf den Weg zu deinem Freund machst.“

„Und der wäre?“

„Die Träne muss innerhalb eines Tages auf die Wunde aufgetragen werden. Danach ist die zauberhafte Wirkung verflogen.“

„Ich brauche keine Stunde, bis ich den Osterhasen erreicht habe. Danke, großer Phönix.“ Erleichtert verließ Sascha die Höhle, schwang sich auf ihren Besen und flog in Sekundenschnelle zum Osterhasen zurück.

„Osterhase!“

Der Osterhase wachte auf, weil Sascha ihn schüttelte. Er fühlte sich schwach und furchtbar müde.

„Sascha!“

„Ich habe die Träne“, lächelte Sascha. „Hier.“

Der Osterhase merkte, dass etwas an seine Lippen gehalten wurde. Für einen Moment schien er zu überdenken, ob er trinken sollte oder nicht, doch dann leerte er die Phiole mit der Phönixträne in einem Zug. Die Flüssigkeit hatte einen merkwürdig salzigen Geschmack. Kaum hatte der Osterhase die Phiole ausgetrunken, spürte er, wie sich eine wohltuende Wärme in seinem Körper ausbreitete.

Es dauerte keine halbe Minute, bis die blutige Wunde verschwunden war und sich der Osterhase wieder komplett erholt hatte. Zu Saschas Überraschung sprang der Osterhase auf und schloss sie in die Arme. „Danke, Sascha. Ohne dich hätte es übel für mich ausgesehen.“

„Eigentlich gilt der Dank dem großen Phönix. Seine Träne hat so schnell die Besserung herbeigeführt.“

„Ich werde ihn demnächst einmal aufsuchen und mich bei ihm persönlich bedanken."

„Die Idee finde ich gut. Fühlst du dich kräftig genug, um weiter nach dem Nachtschleierkraut zu suchen?"

„Selbstverständlich. Ich könnte ganze Bäume ausreißen."

„Nein", lachte Sascha. „Die braucht das Märchenland noch. Dann machen wir uns mal wieder an die Suche nach dem Kraut."

„Das ist die beste Gesichtscreme, die ich je hatte", lobte die gute Fee Sascha und den Osterhasen, als sie am Tag ihres Geburtstages eine in einer lilafarbenen Geschenkbox verpackte silberne Dose mit einer selbst hergestellten Gesichtscreme überreicht bekam. Begeistert hielt sie die Dose mit der Creme in ihren Händen. Die erste Probe landete bereits vor zwei Minuten in ihrem Gesicht und zeigte Wirkung. Eine kleine Unreinheit, die sich im unteren Gesichtsdreieck der guten Fee befand, verschwand im Nu. „Selbst meine eigenen Cremes brauchten mindestens fünf Minuten, bis sie Wirkung zeigten. Würdet ihr mir netterweise auch die Rezeptur zu der Creme schenken? Ihr scheint eine bessere zu haben als ich."

„Die stammt aus Mutters Zauberbüchern", grinste Sascha.

„Oh", erwiderte die gute Fee nachdenklich. „Dann wird es wohl ein Problem sein, die Rezeptur zu kopieren?"

„Ach iwo", erwiderte Sascha lachend. „Mutter ist momentan auf ihrer jährlichen Wellnesskur. Ich habe noch mindestens drei Tage Zeit, ihre Hexenküche und Bücher zu benutzen. Kurz bevor sie zurückkommt, mache ich die Küche sauber, fülle alle benutzten Zutaten auf und niemand merkt etwas."

„Ganz schön gerissen. Auf jeden Fall ist es dieses Jahr das beste Geburtstagsgeschenk von allen. Es war bestimmt nicht leicht, die Creme herzustellen."

Der Osterhase und Sascha tauschten verlegene Blicke aus. Dann begannen Sascha, die ganze Geschichte zu erzählen. Sie ließ keine Einzelheit aus. Und da der Osterhase dank der Träne des Phönix nicht gestorben ist, können Sascha und er noch viele andere Abenteuer erleben.

Vanessa Boecking: *Autorin verschiedener Genre – „Damian, der Zauberer" und „Osiris, die Supermumie".*

Der Phönix und die Kriegerin

Es war einmal eine Königskriegerin. An einem schönen Tag bekam die Königskriegerin eine wunderschöne Tochter. Dann musste die Königskriegerin in einen Krieg, aus dem sie nie zurückkam.

Ein paar Jahre später heiratete der König eine goldschöne Frau, die aber hinterhältig war. Sie erzog das Kind der verstorbenen Königskriegerin nicht mit Liebe, sondern mit Bosheit. Die Prinzessin namens Pia erträumte sich, einmal den Feuerphönix zu treffen, weil er das Symbol für Hoffnung war.

Eines Tages lief sie in den Wald, weil sie hoffte, den Feuerphönix zu sehen. Auf einmal erblickte sie ein magisches Tor. Sie ging hindurch. Plötzlich erschienen drei kleine Sternchen, die sie fragten: „Möchtest du ein Geheimnis lüften?"

Prinzessin Pia sagte: „Ja, ich möchte." Auf einmal hatte sie den Anzug ihrer Mutter mit den zwei goldenen Schwertern auf dem Rücken an.

Pia fragte: „Was soll ich tun?"

Die Sternchen sagten: „Folge der Karte. Sie wird dich zu deinem ersten Ziel bringen."

Pia lief los. Die Sternchen riefen ihr hinterher: „Folge niemals den Irrlichtern! Sie führen dich ins Moor und du kommst nie wieder heraus."

Pia machte sich mit einem schaurigen Gefühl auf den Weg. Sie ging durch einen dichten Wald. Da sah sie einen japanischen Kirschbaum. Auf dem saß ein kleiner, niedlicher, roter Vogel.

Plötzlich kamen die kleinen Sternchen wieder und sagten ihr: „Du hast das erste Ziel erreicht. Nun bekommst du eine neue Karte. Diese bringt dich ans Ziel."

„Komm mal her, du kleiner Vogel!", sagte Pia. „Möchtest du mich begleiten?"

Sie liefen durch Wiesen und Wälder. Es dämmerte schon, da erschienen die Irrlichter. Der kleine Vogel folgte den Irrlichtern ins

Moor. Pia schrie: „Halt, bleib hier, kleiner Vogel!“ Wie durch Gedankenübertragung hielt der kleine Vogel an. Da er aber nicht mehr mit den Flügeln schlug, plumpste er herunter und versank im Moor. Nur sein kleiner roter Kopf guckte noch heraus. Pia zückte sofort ein Seil und zog den kleinen Vogel aus dem Moor.

Sie gingen weiter über Stock und Stein, bis sie zum Vulkan der Asche gelangten. Sie bestiegen den Vulkan. Als sie an der Spitze waren, kam die böse Stiefmutter und riss Pia den Vogel aus der Hand. Ein Blitz ging durch die Luft. Die leibliche Mutter, die Königskriegerin, erschien als Geist. Sie trat der Stiefmutter in den Hintern. Dabei fiel der Vogel in den Vulkan. Pia weinte um den kleinen Vogel.

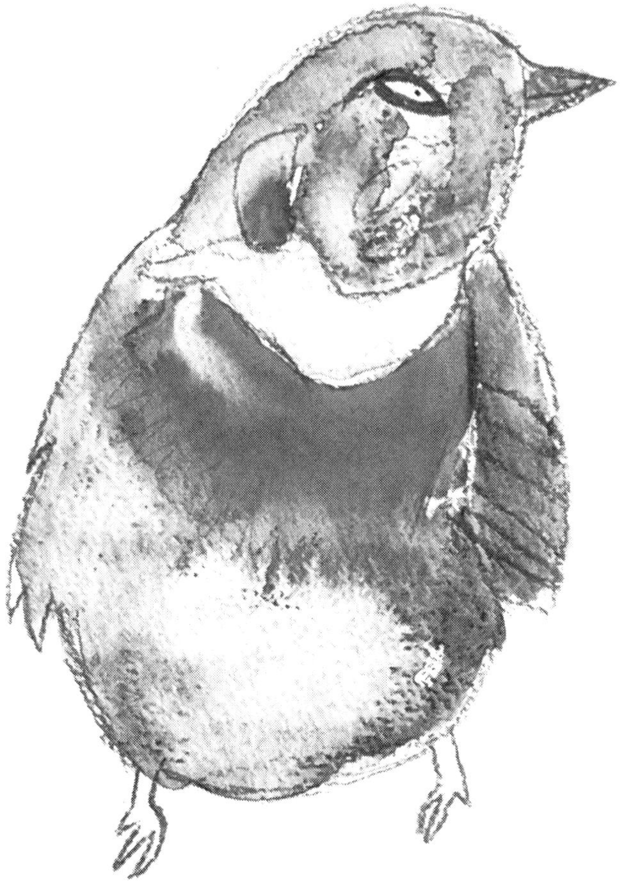

Doch auf einmal war der Vulkan wie ausgelöscht und es schoss ein mächtiger Phönix aus der Asche hervor. Pia erkannte den kleinen roten Vogel in ihm.

Die Liebe ihrer Mutter und die Hoffnung hatten Pias tiefste Wünsche erfüllt.

Von da an lebten sie glücklich bis an ihr Lebensende.

*Eine Geschichte von **Elena** und **Tessa**, Schülerinnen der HasenGrund-Schule in Berlin/Niederschönhausen (4. Klasse).*

Feurige Freundschaft

Elenora war ein Drache und lebte am Rande der Vulkanebene. Die Vulkane schwiegen schon lang und die Gerüchte, warum das so sei, waren so verschieden, wie es Drachenarten gab. Ein Gerücht besagte, dass ein Feuerdrache darunter lebte und schlief. Oder ein Phönix neu geboren werden müsse, dass sie wieder zum Leben erweckt würden. Oder das genaue Gegenteil – dass sie erst ihr Feuer in die Luft schleudern müssten, wenn ein Phönix starb. Unter anderem gab es auch die Geschichte, dass ein Drache die Berge erwecken musste.

Elenora liebte es, über die schlafenden Feuerberge zu gleiten. Dabei dachte sie sich immer neue Abenteuer aus, zum Beispiel, dass sie Slalom durch die aufsteigende Feuersbrunst fliegen musste oder tief hineinglitt, um ein Tier in Not zu retten. Manchmal aber flog sie einfach nur langsam darüber, um zu sehen, ob sich etwas verändert hatte.

Bei einem ihrer Abenteuertage bemerkte sie Menschen am Rand der Vulkanebene. Sie waren selten in diesem Gebiet, aber hier und da hatte sie welche gesehen. Natürlich hatte sie sich auch schon mal den Spaß gemacht und war in ihrer menschlichen Gestalt mit ihnen gelaufen. Lustigerweise hatten die Menschen noch komischere Theorien, warum die Vulkane schliefen. Etwas von Erdplatten hatten sie mal geredet oder von verhärtetem Magma. Kurz überlegte sie, sich ihnen auch dieses Mal anzuschließen. Doch sie entschied sich dagegen.

„Ich habe Menschen gesehen", erzählte sie, als sie zurück in ihre Heimathöhle gekommen war.

Ihre Mutter seufzte. „Die reden nur Glühkohle daher, du sollst denen doch nicht zuhören."

Ihr Vater bestätigte es nur mit einem: „Jap."

„Ich habe sie nur gesehen, hab ich gesagt. Nicht, dass ich mit ihnen gespielt habe", brummte Elenora und verließ dem Eingangsbereich, um tiefer in ihren Gang zu gehen.

Hier musste sie am Zimmer ihrer Oma vorbei. Zittrig hob die ihren Kopf. „Es ist das Jahr des Phönix."

„Ja, Oma, hast du uns schon erzählt."

Sie nuschelte weiter, etwas, was Elenora nicht verstand, da sie weitergelaufen war. Sie kringelte sich ein, als sie am Ende des Gangs angekommen war. Aus ihren Nüstern ließ sie Rauch qualmen, um es sich gemütlich zu machen. Sie hasste es, dass ihre Eltern in ihr immer noch das kleine Drachenbaby sahen. Nicht mal ihre Oma nahm sie für voll und erzählte ihr ständig dieses Märchen. Seit Jahren sagte sie stets, dass es das Jahr des Phönix sei, aber die Vulkane schliefen immer noch.

Als Elenora wach wurde, fühlte sie sich wie gerädert. Irgendetwas war komisch gewesen. Sie konnte sich nicht an die Träume erinnern, aber ihr Gangende war verrauchter als sonst. Sie schüttelte die Asche von ihren Schuppen. Doch ihr sonst so strahlendes Rot blieb schwarz. Verwundert ging sie zum Eingangsbereich. Die Sonne schien schon herein. Elenora breitete die Flügel aus und flog mit einem kräftigen Schlag in die Luft. Ihr Weg führte sie zum Wasserfall.

„Guten Morgen", hörte sie die Rufe der Drachen, an denen sie vorbeiflog.

Sie hob nur die Tatze und eilte weiter. Das Schwarz loszuwerden, war gerade ihr einziger Wunsch. Sobald sie das Rauschen des Wasserfalls hörte, legte sie ihre Flügel an, ließ sich fallen, um schnell ins Wasser zu gleiten. Das kühle Nass blubberte die Luftblasen nach oben an die Oberfläche. Nach ein paar Zügen tauchte Elenora auf. Endlich wieder rot. Da bemerkte sie die Menschen. Ob es die gleichen waren wie gestern, konnte sie nicht sagen. Es wäre komisch gewesen, gleich zwei Gruppen innerhalb von zwei Tagen hier zu sehen. Daher glaubte sie, dass es die vom Vortag waren. Nun war ihre Neugier stärker und sie zog sich in Menschengestalt aus dem Wasser. Ihr Schuppen hatten sich zu Kleidung verwandelt.

Als sie näher an die Menschen kam, bemerkte sie, dass es vier Männer und eine Frau waren. Während die vier Männer vollkommen langweilig aussahen und es nicht mal wert gewesen wäre, sie genauer zu betrachten, hatte die Frau etwas an sich, was Eleonora sie anstarren ließ. Auch weil sie gefesselt war und die junge Drachendame anstarrte. Sie hatte so rotes Haar wie Elenora, aber im Gegensatz zu ihr waren ihre Augen ebenfalls feuerrot. Ihre Haut war bleich und sie war dürr. Doch irgendetwas war seltsam an ihr. Doch vor allem: Warum war sie gefesselt?

Langsam folgte Elenora der Gruppe, die immer weiter am Rand entlanglief. Anscheinend war der größte Feuerberg ihr Ziel. Sie machten Rast und banden das komische Mädchen an einem Baum fest. Es ließ sich einfach auf ihre Knie fallen. Als die Männer weiter weg waren, ging die Drachendame zu dem Mädchen hin.

„Du solltest nicht hier sein“, sagte es mit geschlossenen Lidern.

„Ich?“, fragte Elenora.

„Ihr alle.“

„Wer wir?“

„Ihr Drachen, bald könnt ihr hier nicht mehr leben.“

„Warum?“

Die roten Augen richteten sich auf Elenora. „Weil ich geopfert werden soll.“

„Ich kann dich befreien.“

„Und wie willst du das machen? Diese Fesseln sind gegen Feuer immun, ich habe es versucht. Sie halten mich in dieser Form gefangen und ...“ Das Mädchen seufzte.

„Ich habe Klauen.“ Elenora hob grinsend ihre Hand.

„Daran habe ich gar nicht gedacht.“

Plötzlich knallte ein Schuss durch die Bäume und etwas traf Elenor am Arm.

„Los, flieh!“, schrie das Mädchen.

Gerade noch konnte sich Elenora verwandeln und hob ab in die Luft, bevor der nächste Knall sie verfehlte. Brüllend und Feuer speiend flog sie auf die Männer zu. Aber die schossen weiter auf sie. Ihnen schien das Feuer nichts auszumachen. Einer von ihnen war zu dem Mädchen gerannt, hatte es sich über die Schulter geworfen und lief mit ihm zu den anderen.

Eleonora überlegte hin und her, was sie machen konnte. Wenn sie zu nah kam, schossen sie wieder auf sie, deshalb waren ihre Krallen vollkommen wirkungslos. Da sie anscheinend auch immun gegen Feuer waren, konnte sie sich ihren Atem auch sparen. Sie kreiste über der Gruppe, die immer näher an den Berg kam. Immer wieder versuchte sie, hinunterzugleiten, um den Männern das Mädchen zu entreißen. Aber jedes Mal drehte sich einer um und richtete die Waffe auf sie.

So musste sie zusehen, wie die Männer das Mädchen mit den roten Haaren den Berg hinauftrugen. Als sie schließlich oben angekommen waren, ließen sie es einfach fallen.

Die Erde begann zu beben und Rauch schoss aus den Vulkanen. Es war nun kein Abenteuer mehr, es war ernst. So schnell Elenora konnte, glitt sie tiefer in den großen Schlund. Der Rauch ließ sie kaum noch etwas sehen, nur der Schrei half ihr bei der Orientierung. Lava spritzte nach oben und gerade rechtzeitig konnte Elenora das Mädchen auffangen.

„Ich kann die Vulkane wieder schließen, dafür musst du mich ganz nah bringen."

Elenora schüttelte den Kopf.

„Ich glaub an dich."

Sie war hin und her gerissen.

„Denk an deine Drachenfreunde, nicht jeder ist so wie du."

Elenora schloss die Lider und nickte. „Aber stirb mir nicht." Ohne auf ihr Lachen zu reagieren, steuerte Elenora den letzten Absatz über der Lava an und ließ sie darauf nieder.

„Du musst die Fesseln lösen und dann flieg hoch."

Ein kleiner Ruck mit ihrer Klaue und das Seil fiel zu Boden. „Wo soll ich warten?"

„Du findest mich schon."

Heiß schwappte die Lava über Elenora und sie musste höher fliegen. „Mädchen", rief sie aus, als es verschwunden war.

Unter ihr grummelte es und noch einmal stieß eine Feuermasse nach oben. Elenora flog nach weiter in den Himmel. Das Brodeln wurde weniger und der Rauch war kaum mehr als ein warmes Lüftchen, der sich um sie zog. Doch nirgends konnte sie das Mädchen sehen.

Auch Tage danach war es nicht auffindbar. Das Einzige, was Elenora gefunden hatte, war ein feuerrotes Ei. Als sie es mit ihrem feurigen Atem anhauchte, schlüpfte ein kleiner, roter Vogel. Instinktiv wusste sie, dass es das Mädchen war. Elenora lächelte. „Ich habe dich gefunden."

***Luna Day** entdeckte ihre Liebe zum Schreiben durch Harry Potter und Rollenspiele. Heute begeistert sie mit einer bunten Mischung aus Kindergeschichten, Fantasy und Romance.*

Phönix

Die Hitze der Flammen brannte heiß in ihrem Gesicht. Die Welt versank in einem Nebel aus Tränen, die ihr der Rauch in die Augen trieb. Die Luft schmeckte nach Metall. Ihre Lungen atmeten Feuer. Tiefe Atemzüge voller Pein, Schmerz, Zorn. Doch sie konnte den Blick nicht abwenden. Konnte die Augen nicht schließen. Konnte den Atem nicht anhalten. Starrte unentwegt in das tobende Spiel der Flammen. Wie gierige Zungen leckten sie an dem alten Gemäuer. Einem Relikt aus vergangenen Tagen. Nein, kein Relikt. Ein Mahnmal. Unbarmherzig. Erinnerungen an das, was man gerne vergessen würde, was aber niemals in Vergessenheit geraten durfte.

Doch jetzt brannte es, wurde verschlungen vom gierigen Feuer, das tosend seine Stimme erhob. Das all ihren Schmerz in die Nacht hinausbrüllte. Das ihre Finsternis in grell gleißendes Licht verwandelte. Das ihre Vergangenheit auffraß, bis nichts als kalte Asche übrig bleiben würde.

„Kalte Asche", dachte sie, als die Hitze ihre Augenbrauen versengte und ihr pulsierende Blasen in die Haut pflanzte.

Der Gedanke gefiel ihr. Asche war fruchtbar, aus Asche ging Neues hervor. Vom Alten würde nichts bleiben. Aus dem Alten würde etwas Neues entstehen, etwas Besseres. Wie der Phönix, der sich aus der Asche erhob.

Sie ließ ihren Blick über das brennende Gebäude schweifen. Von der dunklen, hölzernen Haustüre waren nur noch einige Holzsplitter übrig, die drohend im Rahmen hingen und vor sich hin glommen. Dahinter brannte der schwere, scharlachrote Läufer lichterloh wie die feurige Zunge eines Ungeheuers.

Sie zwang sich, nach oben zu schauen. Zu jenem kleinen Fenster, das früher ihr Tor in die nicht erreichbare Außenwelt war. Für einen kurzen Moment sah sie eine Silhouette am Fenster stehen. Mit leerem Blick starrte sie in die Nacht hinaus. Einsam, nur begleitet vom Flackern der Flammen, die sie in ein feuriges Gewand hüllte.

Im Hintergrund wiegte sich das Schaukelpferd sachte im Strudel der sengenden Hitze, das Himmelbett wurde umtanzt von glühenden Funken wie Glühwürmchen in einer warmen Sommernacht. Häufig hatte sie die Glühwürmchen durch die Scheibe beobachtet, hatte ihr wildes Spiel in der Dämmerung gebannt bewundert. Hatte sich vorgestellt, selbst ein Glühwürmchen zu sein, frei umherzuschweifen, durch nichts gehalten, durch nichts begrenzt. Völlig frei.

Nur für einen kurzen Augenblick stand die Gestalt im Fenster, einen Wimpernschlag lang, dann war sie verschwunden und die Scheibe explodierte in einer Wolke aus glitzernden Glassplittern. Es sah schön aus im Schein der Flammen, ein Kaleidoskop aus funkelndem Licht. Die Splitter rieselten wie Schneeflocken auf sie herab. Nein, keine Schneeflocken. Eiszapfen, scharf wie Messer. Sie reckte sich ihnen entgegen, begrüßte sie freudig mit ausgestreckten Armen. Eine Scherbe schnitt ihre blasenüberzogene Wange auf. Heißes Blut trat hervor und verkrustete augenblicklich unter der Hitze. Ein metallischer Geschmack breitete sich in ihrer Mundhöhle aus. Vorsichtig tastete sie ihre Wange ab, berührte die schorfige, pochende Wunde.

„Wie bei Kindern, die allzu wild durch die Wälder getobt sind." Sie wusste nicht, woher dieser Gedanke kam. Sie hatte nie eine solche Verletzung erlitten, war nie durch die Wälder getobt, hatte sich nie die Haut an Ästen und Dornen aufgerissen. Nein, ihre Wunden lagen tiefer, waren für das Auge nicht sichtbar, heilten nicht durch Pflaster und tröstende Worte.

Sie würde ihre Wunde ausbrennen. Eine hässliche Narbe würde bleiben, das war ihr klar. Sie würde sie mit Stolz tragen, wie die Ritter aus den Geschichten, die sie früher so gerne gelesen hatte. Ihre geheimen Bücher, ihre geheimen Märchen. Niemand hatte je von den Büchern erfahren dürfen. Sie hatte sie unter ihrem Bett versteckt, sie nur im Schutze der Nacht unter der Decke gelesen. Doch sie war unachtsam gewesen und wurde dabei entdeckt, also wurden ihr die Bücher weggenommen. Zu grausam waren die Geschichten, hieß es. Doch sie waren nicht grausam, sie waren gerecht. Der Ritter erschlägt den Drachen, der Jäger tötet den Wolf, die Kinder verbrennen die Hexe. Nur die Geschichten mit den Prinzessinnen hatte sie nicht gemocht. Sie wollte keine Prinzessin sein, wollte nicht auf einen Prinzen warten müssen, der zu ihrer Rettung eilte. Sie würde sich selbst retten, würde den Drachen erschlagen, den Wolf erschießen, die Hexe verbrennen. Ja, all das würde sie tun, das hat sie sich geschworen.

Ein Lächeln huschte über ihre aufgeplatzten Lippen. Dann wandte sie sich ab und ging. Sie warf keinen Blick mehr zurück auf das brennende Heim, das sie einst ihr Zuhause nannte.

Timothy Phoenix *ist ein 24-jähriger Student und Hobbyautor aus der Fächerstadt Karlsruhe. Während einer besonders schweren Zeit erschuf er sich in Form von Kurzgeschichten einen kreativen Zufluchtsort, um sich selbst zu fühlen, sich selbst zu verstehen, sich selbst Hoffnung auf Veränderung zu schenken. Was anfänglich aus der Sehnsucht nach innerem Frieden und Selbstakzeptanz geboren wurde, entwickelte sich schließlich zum Wunsch, auch andere Menschen an dieser Entwicklung teilhaben zu lassen. Geprägt durch die Auseinandersetzung mit den eigenen Gefühlen und Gedanken sind seine Geschichten emotional, ehrlich und enttarnend.*

Der Brunnen

Das Königreich Dahria war einst eine blühende Oase inmitten eines sonst kargen Landes. Die Felder waren saftig, die Flüsse kristallklar und die Bäume des Landes trugen ein immergrünes Kleid. Den Menschen ging es gut. Diesen Wohlstand verdankten sei einem uralten Brunnen, der im Herzen des Reiches stand und tief in der Erde verborgenes Wasser zutage förderte. Doch mit jedem Jahr schwand die Kraft des Brunnens, bis eines Tages kein Tropfen mehr aus ihm floss. Die Felder vertrockneten, die Tiere verhungerten und die Menschen blickten verzweifelt in eine elende Zukunft.

In einem Dorf nahe der Hauptstadt lebte Erik, ein mutiger Junge mit wachem Geist und einem unerschütterlichen Glauben daran, dass das Königreich gerettet werden könnte. Die Dorfbewohner jedoch hatten sich längst in ihr vermeintliches Schicksal gefügt. Immer mehr von ihnen verließen das Dorf und zogen näher an die Hauptstadt. Besser ging es ihnen dadurch nicht.

„Es ist vorbei, Erik", sagte darum auch Mara, die Heilerin des Dorfes eines Tages, während sie das dürr gewordene Kraut betrachtete, das sie kaum noch ernten konnte. „Es gibt kein Wasser mehr – und ohne Wasser gibt es kein Leben."

„Ich will das nicht glauben!", sagte Erik. „Was ist mit dem Phönix aus den Geschichten, die du uns Kindern immer erzählt hast?"

Mara seufzte tief und sah Erik mit einem müden Lächeln an. „Du hörst nicht auf, an diese alten Geschichten zu glauben, nicht wahr? Die Legende vom Phönix, der unseren Vorfahren beim Bau des Brunnens half. Glaub mir, es sind nur Märchen. Geschichten, die man sich in besseren Zeiten erzählte."

Erik schüttelte entschlossen den Kopf. „Es sind keine Märchen, Mara. Ich habe Schriftrollen in der Bibliothek gelesen. Sie beschreiben, wie der Phönix über das trockene Land flog, bis er die Stelle fand, wo Wasser unter der Erde verborgen war. Und ich glaube, dass er noch immer dort draußen ist und uns wieder helfen kann."

Mara schnaubte leise. „Und du glaubst, dieser Phönix wird einfach so zurückkommen, um uns wieder zu retten?“

„Ja“, sagte Erik. „Ich weiß es. Irgendwo da draußen ist er noch. Und er wird uns wieder helfen.“

Mara blickte Erik einen Moment lang schweigend an, dann legte sie ihm eine Hand auf die Schulter. „Du bist ein Träumer, Erik. Aber manchmal ...“ Sie hielt kurz inne. „Manchmal braucht es Träumer, um das Unmögliche zu wagen.“

Erik straffte seine Schultern und wich ihrem Blick nicht aus. „Ich werde den Phönix finden.“

In Maras Augen lag ein Hauch von Zuneigung. „Dann geh, Erik. Dann geh ...“

Die alten Schriftrollen, die Erik in der staubigen Bibliothek der Hauptstadt zwischen zerfallenen Büchern und brüchigen Pergamenten gefunden hatte, beschrieben die Legende des Phönix und den Weg, den die Vorfahren gegangen waren, um das Wasser zu finden. Seit Wochen hatte Erik sie studiert, jede Spur verfolgt und die Karten genau betrachtet. Nun gab es kein Zurück mehr.

Nur mit einem Wasserschlauch und ein paar Vorräten machte er sich auf den Weg in die Berge, wo der Phönix einst gesichtet worden war. Die Sonne brannte gnadenlos vom Himmel und der ausgedörrte Boden knirschte unter seinen Füßen. Tagelang wanderte Erik durch die staubige Wüste. Sein Wasservorrat schwand schnell und bald fühlte er die Gefahr, die ihm ständig im Nacken saß – die Gefahr zu verdursten.

Erik biss die Zähne zusammen. Die Schriftrollen hatten ihn nicht auf diese unerbittliche Hitze und die endlose Leere vorbereitet. Doch jedes Mal, wenn er glaubte, aufgeben zu müssen, dachte er an sein Dorf, an die trockenen Felder und die Menschen, die dort noch hofften – aber auch an jene, die die Hoffnung bereits aufgegeben hatten.

Gerade als Erik am Ende seiner Kräfte war, erblickte er etwas am Himmel. Ein heller Schimmer, der sich durch das Licht der gleißenden Sonne zu bewegen schien. Mit letzter Kraft schleppte er sich in Richtung eines Felsvorsprungs – und dort, inmitten von im Sonnenlicht glühenden Steinen, landete der Phönix.

Das Geschöpf war überwältigend – seine Federn brannten in tiefem Rot und Gold, als wären sie selbst aus Feuer gemacht. Die Luft um den Phönix flimmerte vor Hitze und doch strahlte er eine unerwartete Ruhe aus.

Erik sank auf die Knie. „Du bist es …“, flüsterte er heiser, unfähig, den Blick von dem majestätischen Wesen abzuwenden.

Der Phönix neigte den Kopf leicht und musterte Erik mit seinen glühenden Augen. „Du hast mich gefunden“, sprach der Vogel, seine Stimme klang wie das Knistern eines Feuers. „Warum bist du gekommen, sterblicher Junge?“

Erik hob den Kopf und sah dem Phönix fest in die Augen. „Mein Volk verdurstet. Unser Brunnen ist versiegt, ohne Wasser wird unser Land sterben. Ich … ich glaube daran, dass du uns helfen kannst, so wie du unseren Vorfahren geholfen hast.“

Der Phönix hielt inne, als würde er Eriks Worte abwägen. Schließlich breitete er seine gewaltigen Schwingen aus und mit einem Flügelschlag wirbelte er Staub und Hitze in die Luft. „Du bist mutig, und dein Glaube ist stark. Deshalb will ich dir helfen.“ Mit einem sanften, aber festen Ruck zog er sich eine seiner leuchtenden Federn aus und reichte sie Erik. „Diese Feder wird dir den Weg zeigen“, sagte der Phönix. „Doch bedenke: Das Wasser wird nur für die kommen, die den Mut haben, es zu suchen.“

Erik nahm die Feder mit zitternden Händen entgegen. „Danke“, flüsterte er ehrfürchtig. „Ich werde dich nicht enttäuschen.“

Erik kehrte ins Dorf zurück, ausgezehrt und erschöpft, doch in seinen Augen brannte ein neues Feuer. Er trug die Feder des Phönix wie einen Schatz bei sich, fest entschlossen, sie alle zu retten. Man erwartete ihn bereits. Menschen aus der Hauptstadt und den umliegenden Dörfern hatten von seiner Reise gehört. Vielleicht war es Mara, die ihnen von seiner Mission erzählt hatte, – wie auch immer es geschehen war, viele waren gekommen.

„Erik, wir haben auf dich gewartet“, sagte Mara und lächelte. Zusammen zogen sie weiter in die Hauptstadt.

Erik sah die Menge, die sich um den alten, vertrockneten Brunnen versammelt hatte. Sein Herz klopfte, doch er zweifelte nicht an sich. Der Phönix hatte ihm die Feder gegeben, weil er an ihn glaubte. Ohne ein Wort zog er die Feder hervor und hielt sie in die Luft. Die Menschen blickten gespannt zu ihm auf.

Erik ließ die Feder los. Sie segelte sanft im Wind und glitt über den kargen Boden, bevor sie langsam an einer Stelle zur Ruhe kam – weit entfernt vom alten Brunnen, auf trockenem, ausgedörrtem Land.

„Dort“, sagte Erik mit fester Stimme. „Dort müssen wir graben.“

Es dauerte einen Moment, bis sich die ersten Dorfbewohner mit Hacken und Schaufeln näherten. Dann begannen sie zu graben, erst zögerlich, dann immer schneller. Stunden vergingen, die Sonne stand hoch am Himmel. Gerade als niemand mehr an einen Erfolg glauben wollte, ging ein Raunen durch die Menge, denn plötzlich, wie aus dem Nichts, sprudelte Wasser empor.

Lauter Jubel brach aus. Die Menschen tauchten ihre Hände in das frische Nass und ließen es über ihre Gesichter rinnen. Es war, als wäre das Leben selbst zurückgekehrt.

Bald schon hatten sie einen neuen Brunnen gebaut und das Land begann sich zu erholen, die Felder wurden wieder grün und die Dörfer blühten auf. Die Menschen waren wieder glücklich.

Erik hatte sie daran erinnert, dass in jedem Ende ein neuer Anfang liegt – und dass auch die tiefste Not überwunden werden kann, wenn man nur den Mut hat, an Wunder zu glauben.

Und so erhob sich das Land wie der Phönix aus der Asche und wurde stärker als je zuvor.

Bernhard Finger *(geboren 1971) ist Pferdenarr, Mittelalterfan, Hobbykoch und begeisterter Bogenschütze. In seiner Freizeit schreibt er Kurzgeschichten, darunter Gruselstorys, die auch bereits in einer bekannten Heftromanserie veröffentlicht wurden. Heute schreibt und veröffentlicht er vor allem Märchen, Fantasy und gelegentlich Science-Fiction.*

Also erst mal die Asche

Nein, ich fön nix! Das sagt meine
Tochter gerne nach dem Baden.
Recht hat sie damit, die Kleine,
heiße Luft führt oft zu Schaden.
Puh, was für ein Einstieg, was?
Doch genug der Politik!
Phönix also! Der ist krass,
kann den besten Zaubertrick:
statt sich abends hinzulegen,
macht es *puff* und er verbrennt.
Spart den Bettenkauf, welch Segen,
weil er explodiert statt pennt.
Euer Mitleid könnt ihr sparen,
denn jetzt kommt der zweite Teil,
der ist richtig abgefahren:
Morgens ist er wieder heil.

Ohne Asche kann es eben
nicht den Feuervogel geben.
Manchmal muss das Alte gehen,
so kann Neueres entstehen.
Sinnbild für das *echte* Leben,
denn beim steten Alltagsstreben
gibt es Dinge, die gelingen,
und dann die, die Feuer fingen.
Menschen für die Höhenflüge
gibt es wirklich zur Genüge,
aber – das ist meine Masche:
Es braucht Leute für die Asche!
Basis, Vogelstartgrundlagen;
Phönix kommt nix, sozusagen.

Kann es nur noch aufwärts gehen,
hilft dies beim Nachvornesehen.
Neustart möglich? Sicherlich.
Landung vorher: Das war ich.
Dämpfung der Erwartungshaltung,
schafft den Raum für Neugestaltung.
Gibt es überall Beschwerden,
kann es nur noch besser werden.

Auch der Fernsehsender bringt
Wohlstand, wenn auch nur bedingt,
Asche für die Intendanten,
weil die Fördergeld verbrannten.

Heben wir die Aschenbecher
auf das Federvieh mit Feuer.
Sagt ihm Lebewohl, ihr Zecher,
morgen kommt ja schon ein neuer …

Andreas Herkert-Rademacher, *geboren am 29.08.1978 in Würzburg, dort auch wohnhaft. Glücklich verheirateter Vater zweier wundervoller Töchter. Freizeitautor, Hauptberuflich im kaufmännischen Bereich aktiv.*

Ein Junge namens Sobek

Es war einmal ein Junge namens Sobek, der mit seinem Stiefvater in einem kleinen Fischerdorf lebte. Im Gegensatz zu den anderen Jungen, die ihre Väter früh am Morgen und vor Sonnenuntergang auf die See begleiteten, blieb Sobek hingegen im Dorf zurück. Sein Stiefvater wollte ihn nicht bei sich haben und auch von allen anderen wurde der Junge stets verspottet, denn er hatte Schwimmhäute zwischen den Fingern und den Zehen. Seine Haut war zu einem Schuppenpanzer verformt, wodurch er einem Krokodil ähnelte. Diese Eigenschaft, genauso wie die Gabe, für sehr lange Zeit unter Wasser bleiben zu können, hatte ihm den Namen Sobek eingebracht. Der Dorfälteste hatte ihm erklärt, dass dies der Name einer Krokodilgottheit war, die einst von antiken Völkern verehrt wurde.

Als Sobek eines Tages nach Hause kam, wartete sein Stiefvater bereits auf ihn und meinte: „Junge, so geht das nicht weiter. Während alle Jungen deines Alters ihren Vätern helfen, faulenzt du den ganzen Tag herum."

„Du willst mich mit auf Fischfang nehmen?", fragte er hoffnungsvoll.

Der Stiefvater aber blickte ihn höhnisch an und meinte: „So wie du aussiehst? Soll ich zum Gespött der ganzen Fischer werden?"

Bittere Enttäuschung breitete sich in Sobek aus. Er wusste, dass sich sein Stiefvater seiner schämte, doch er konnte sein Aussehen nun mal nicht ändern.

„Ein großes Segelschiff hat gestern im Hafen Anker gelegt und läuft morgen erneut aus", erklärte sein Stiefvater. „Der Kapitän ist auf der Suche nach einem guten Taucher und hat von deinem Talent gehört. Er hat gut dafür bezahlt, damit du Teil seiner Besatzung wirst. Bereits morgen früh wirst du dieses Dorf für immer verlassen."

Sobek weinte fürchterlich, als sein Stiefvater fertig gesprochen hatte. Ein letztes Mal ging er an diesem Abend an den Strand, wo er den Dorfältesten traf.

„Sobek, mein Junge“, grüßte der alte Mann ihn freundlich. „Ich habe gehört, was geschehen ist. Da du an deinem Schicksal nichts ändern kannst, solltest du das Beste daraus machen. Also weine nicht und sei mutig. Es wird nicht einfach werden, doch sicherlich wird der Tag kommen, an dem sich alles verändern wird und du dich gleich einem Phönix schöner denn je aus der Asche erheben wirst.“

Sobek wischte sich die Tränen weg und blickte den alten Mann dankbar an. Zu seiner Überraschung drückte dieser ihm eine kleine Holzschachtel in die Hand.

Auf seinen fragenden Blick hin erklärte der Dorfälteste: „Darin findest du ein paar Ohrenstöpsel. Trage sie stets, denn so wirst du dich vor dem Gesang der Sirenen schützen, die die fernen Meere bewohnen und jeden Mann mit ihrem Gesang in ihren Bann ziehen.“

Sobek bedankte sich und verabschiedete sich.

Am nächsten Tag brachte ihn sein Stiefvater zum Segelschiff. Von der Besatzung schräg beäugt ging Sobek an Bord und schon bald stachen sie in See.

Die nächste Zeit wurde hart für Sobek, denn natürlich erntete er auch hier nichts als Hohn und Spott. Inmitten all dieser erfahrenen starken Seemänner fühlte er sich schwächer und hässlicher denn je. Einzig der Kapitän hielt sich mit dummen Bemerkungen zurück. Zwar vermutete Sobek, dass er zufrieden mit ihm war, doch Anerkennung oder gar Lob gab es nicht.

Seine Aufgabe war es, tief hinab auf den Meeresgrund zu tauchen und die Schätze versunkener Schiffe zu bergen, die der Kapitän dank eines sonderbaren Gerätes ortete. Sobek befestigte lange Seile an die Truhen und Kisten, mit denen die starken Seemänner den wertvollen Fund hinaufziehen konnten. Während die Besatzung dann feierte, blieb Sobek unter Deck, denn keiner wollte das kleine, hässliche Monster dabeihaben.

Sobek trug stets die Ohrenstöpsel, denn sie schützten ihn nicht nur vor dem vermeintlichen Gesang der Sirenen, sondern sorgten auch dafür, dass ihm die Beleidigungen und das dumme Geschwätz der Besatzung erspart blieben.

Als Sobek wieder einmal allein in der fensterlosen kleinen Koje saß, lauschte er plötzlich auf, als das rege Treiben und Gelächter mit einem Mal verstummte. Wenngleich er die Geräusche wegen der Ohrenstöpsel nur gedämpft vernahm, so spürte er doch deutlich, dass es dort draußen mit einem Mal totenstill geworden war. Zögernd trat der Junge aus der Koje und ging an Deck.

Das Schiff schien ausgestorben, kein einziges Besatzungsmitglied war zu finden. Was war passiert?

Als Sobek aufs Meer hinausblickte, erschrak er, als er eine Insel entdeckte, die aus Menschenknochen bestand, und sofort verstand er. Der Dorfälteste hatte von der Knocheninsel erzählt, auf der die Sirenen lebten. Ihr Reich befand sich tief unterhalb der Insel. Diese dämonischen Wesen lockten ihre Opfer mit ihrem Gesang ins Wasser, zogen sie hinab in die Tiefe, um sie dann zu verspeisen.

Sobek musste sofort handeln, wollte er die Besatzung noch retten. Und so sprang er hinab in die Tiefe des Meeres.

Die Sirenen wohnten verborgen in den eingelassenen Nischen und Hohlräumen der Insel. Auch ihre Gefangenen wurden hier unten gehalten. Sobek entdeckte sie sogleich und stellte erleichtert fest, dass sie noch alle lebten und durch eine riesige Wasserblase atmen konnten. Wasserpflanzen hatten sich um ihre Körper geschlungen und hielten sie auf diese Weise fest.

Gerade als Sobek den ersten Seemann befreien wollte, wurde er von einer Sirene entdeckt. Im ersten Moment sah es so aus, als würde das Geschöpf ihn angreifen wollen, dann jedoch sah Sobek, dass es plötzlich und unerwartet zurückwich, um ihn dann beinahe ehrfürchtig anzublicken. Einen Augenblick später verschwand es, um kurz darauf mit weiteren Sirenen zurückzukommen, die Sobek ebenso respektvoll musterten.

Sobek zögerte, doch dann entfernte er die Ohrenstöpsel, da er merkte, dass die Sirenen mit ihm reden wollten.

„Prinz“, sprach eine der Sirenen ihn an. „Wir dachten, die Söhne Sobeks wären ausgestorben. Hätten wir gewusst, dass diese Männer zu euch gehören, hätten wir sie nie in unseren Bann gezogen.“

Sobek runzelte verwundert die Stirn und fragte: „Prinz? Wieso nennt ihr mich so?“

„Weil du offensichtlich ein Nachkomme des großen Krokodilkönigs Sobek bist. Dieser war so mächtig, dass man ihn sogar als einen Gott verehrte. Wir Sirenen waren ihm stets zu Diensten.“

„Wirklich?“, flüsterte Sobek ungläubig.

„Zweifellos“, versicherte die Sirene. „Dein Aussehen spricht für sich.“

Sobek stockte der Atem. Niemand hatte je gewusst, wer sein wahrer Vater war. Dieses Geheimnis hatte seine Mutter mit sich genommen, als sie vor einigen Jahren gestorben war. Sollte er wirklich königlichen Blutes sein?

Aber nicht nur Sobek schien über die Aussage der Sirene verblüfft. Auch die Seemänner, welche die Ereignisse bis zu diesem Augenblick ängstlich verfolgt hatten, schauten nun überrascht. Der kleine, hässliche Junge war ein Prinz? Und noch während sie sich wunderten, wurden sie allesamt von ihren Fesseln befreit und dann zügig zurückgebracht.

Kurze Zeit später entfernte sich das Schiff geschwind von der Knocheninsel. Die Männer hatten sich allesamt bei Sobek bedankt und ihn für seinen großen Mut gelobt. Auch hatten sie sich für ihr Verhalten ihm gegenüber entschuldigt.

Ab sofort schenkte man ihm alle Arten von Aufmerksamkeit. Für Sobek gab es köstliche Speisen, neue Kleidung und eine ordentliche Kajüte. Der Junge fühlte sich nun wirklich wie ein neugeborener Phönix. Er wurde regelrecht verehrt, doch all diese Aufmerksamkeit wollte Sobek doch gar nicht. So machte er den Männern klar, dass es ihm vollkommen genügte, wenn sie ihn genauso behandelten wie alle anderen, nicht besser und nicht schlechter. Denn so sollte es schließlich unter Kameraden und Freunden sein.

Pamela Murtas, *1975 in Frankfurt-Höchst geboren, lebte seit ihrem zehnten Lebensjahr in Italien, wo sie an der Deutschen Schule Mailand ihr Abitur absolvierte. Nach drei Jahren Moskauaufenthalt kehrte sie nach Italien zurück, um in Rom professionellen Reitsport zu betreiben. Seit 2007 wohnt sie erneut in Deutschland. Neben ihrem vierteiligen Abenteuerroman „Destini“ hat sie in verschiedenen Anthologien veröffentlicht.*

Hoffnung

Hier steh' ich am Abgrund und schaue hinauf
zum Himmel, dem dunklen, und warte darauf,
den letzten Schritt auf Erden zu tun,
vielleicht kann meine Seele dann endlich ruh'n.

Du hast mir genommen das Liebste der Welt,
einfach so, ohne dass die Zeit innehält,
das Herz mir entrissen, mein Leben zerstört,
ich verachte dich, du bist es nicht wert.

Plötzlich ein Lichtstrahl durch die Wolken bricht,
ein Lufthauch kitzelt mein Angesicht,
den schönen Falter hab' ich gleich erkannt,
lässt sich nieder auf meiner Hand,
um sich zu wärmen in der Frühlingssonne,
ihn zu betrachten ist eine Wonne.

Viel zu vergänglich dieser Moment
und ist doch für die Ewigkeit geschenkt.
Er flattert auf, entschwindet meinem Blick,
ich seh' ihm nach und die Hoffnung ist zurück.

Herbert Glaser, *Jahrgang 1961, arbeitet als Sounddesigner bei einem großen Münchner Fernsehsender und legt dabei fehlende Töne für Spielfilme und Dokumentationen aller Art an. Inzwischen gibt es über 40 Kurzgeschichtensammlungen verschiedenster Verlage, in die eine Geschichte oder ein Gedicht von ihm aufgenommen wurde. 2019 veröffentlichte er seinen erster Roman „Neustart" und ein Jahr später die Anthologie „kurz und schmerzend" mit allen bis dahin geschriebenen Kurzgeschichten. 2025 erscheint mit „Das zeitlose Universum" sein erster SF-Roman. www.autor-herbert-glaser.jimdosite.com.*

Wenn aus Regen Gutes wird

Regen und Sturm peitschten über das Land. Donner grollte und ein Blitz zuckte über den nachtschwarzen Himmel, dabei war es erst Nachmittag. Der junge Mann stand am Fenster und hatte den Kopf gegen das kalte Glas gepresst. In seinen schönen, grünen Augen glänzten Tränen. Das Wetter passte perfekt zu seiner Stimmung und er weidete sich daran, genoss es wie den Schmerz in seinem Herzen.

Auf der Straße eilten Menschen hin und her, versuchten, den Wassermassen zu entkommen und sich in Sicherheit zu bringen.

Ihm, James Charles, der sich selbst nur JC nannte, war das jedoch egal. Es tat einfach so weh, und er musste mit seinen Gefühlen doch irgendwohin. Gefühle waren eine Schwäche. Dabei wollte er nichts empfinden. Der junge Mann wischte sich die Tränen aus den Augen und schon kamen neue nach.

„Warum musstest du gehen? Warum bist du nicht mehr da?“

Erneut zuckte ein Blitz über den Himmel, als wollte Gott ihm antworten.

Es war schon fast zwei Monate her, dennoch schmerzte es immer noch, als wäre es gestern gewesen. Livia war tot, seine kleine, wunderschöne und lebendige Schwester war nicht mehr da. Sie hatte ihn verlassen. Die Krankheit kam schnell und überraschend. Ihr blieben nur wenige Tage – und jetzt lag sie in der kalten, dunklen Erde. Etwas, das JC immer noch nicht fassen konnte. Es gab Momente, da glaubte er, sie zu spüren, zu wissen, dass sie da war. Es war ein Fehler, in die Welt der Menschen zu kommen. Hier gehörte sie nicht hin – und er hatte Livia nicht beschützen können.

Sie waren Ifrit, Geisterwesen aus den Bergen und einer anderen Welt. Livia wollte die Menschen sehen, unter ihnen leben und am liebsten eine von ihnen sein. Was hatte ihr das gebracht? Sie war ein Teil der Ewigkeit geworden.

Seine Faust schlug gegen die Scheibe und er presste die Lippen aufeinander. Dann holte er tief Luft und verließ die Wohnung.

Der Regen störte ihn nicht, auch die Kälte spürte er nicht. Da war nur dieser dumpfe Schmerz. Plötzlich war er alleine. Dabei war Livia nicht nur seine Schwester, sondern auch eine gute Freundin.

Kurt dachte an Daniela. Sie war ein Mensch und eine Freundin geworden, auch wenn sie nicht wusste, was er war.

Ohne ein Ziel wanderte er los. Er zog den Kopf ein und ließ den Ort hinter sich. Die braunen Haare klebten an seinem Kopf und seine Kleidung war völlig durchnässt. Dennoch ließ er sich von dem Unwetter nicht stören. Schließlich spiegelte es seine innere Stimmung sehr gut wider.

Als er die Hügelkuppe erreicht hatte, schüttelte JC den Kopf und sah sich um. Wasser tropfte aus seinen Haaren, er war bereits völlig durchnässt. Nur gut, dass er nicht krank werden konnte. Ein freudloses Lächeln huschte über seine Züge.

Die Nacht wurde nur durch ein paar Blitze erhellt. Aber das reichte völlig aus. JC ließ sich auf einer Bank nieder und starrte in die Nacht. Der Wind zerrte an seiner nassen Kleidung und seinen Haaren, aber er beachtete es nicht. Das Frösteln nahm er nicht wahr.

Immer wieder dachte er an Livia. An ihre schönen blauen Augen, ihr unschuldiges Wesen. Sie konnte ein Schelm sein und Trotzkopf, dennoch liebte er sie.

Ständig geisterte ihm nur eine Frage durch den Kopf. WARUM?

Warum passierte das immer nur ihm?

Wieder bahnte sich eine Träne ihren Weg über seine Wangen, aber JC beachtete sie nicht weiter. Mit einem lauten Schniefen ließ er sich nach hinten ins nasse Gras fallen. Kälte umfing ihn und bescherte ihm eine Gänsehaut. Die Arme hinter dem Kopf verschränkt, starrte er in den Nachthimmel. Wasser und Wind jagten um ihn herum und boten sich zum Tanz an.

Wie lange Christian im Gras gelegen hatte, wusste er nicht. Es interessierte ihn auch nicht. Erst als er eine leise Vibration an seinem Bein spürte, schreckte er aus seinen düsteren Gedanken auf. Es dauerte ein paar Augenblicke, bis er begriff, dass es sein Handy war. Umständlich zog er es aus der Tasche und sah auf das Display.

Kurz überlegte er, ranzugehen, aber dann drückte er doch auf *annehmen*. „Hallo Daniela“, sagte er.

Das Rauschen des Windes hatte etwas nachgelassen, sodass er sie besser verstehen konnte. Es berührte ihn, dass sie sich meldete. Die letzten Wochen waren schlimm gewesen und er hatte sich gehen lassen. Er war launisch und bösartig gewesen, hatte alle vergrault, die er liebte. Kaum jemand war geblieben – nur Daniela.

„Hallo JC, mein Süßer. Wie gehts dir? Obwohl sich die Frage echt erübrigt, wenn ich das Wetter sehe. Schatz, willst du reden? Ich mache mir Sorgen um dich“, meinte die junge Frau.

In ihrer Stimme schwang ein Hauch Angst mit. Sie mochte nicht wissen, was JC wirklich war, aber irgendwie blieb das Gefühl, dass das Wetter etwas mit ihm zu tun hatte. Dabei konnte sie es nicht ganz greifen.

Für einen Moment schloss JC die Augen und atmete tief durch. „Danke, Daniela. Mir gehts wirklich nicht gut. Ich muss immer an sie denken und mein Herz tut weh. Du musst dir keine Sorgen machen. Aber es ist lieb von dir, dass du an mich denkst. Es wäre schön, mit dir zu reden. Und ein großes Eis und heiße Schokolade klingt verlockend“, antwortete er leise.

Seine Stimme war ruhig, aber es schwang diese Angst mit, die Daniela schon an ihm kannte. Da war diese Sorge und eine Portion Verletzlichkeit, etwas, das man ihm nicht zutraute.

„Jetzt mach aber mal halblang. Ich bin immer für dich da und ich glaube, du brauchst mich gerade. Dann komm zu mir und ich mache uns etwas Leckeres zu essen. Auch so viel Eis, wie du nur essen kannst. Wo bist du eigentlich?“

Nun musste auch JC lächeln. Auf diese Frau konnte er sich doch immer verlassen. „Du bist ein Engel, weißt du das?“ Ich bin übrigens auf einem Berg und liege im Schlamm. Wenn ich zurück bin, gehe ich duschen und komme dann zu dir. Vielen Dank, dass du immer für mich da bist. Ich musste raus, meine Gedanken fliegen lassen“, meinte er.

Er hörte das Prusten auf der anderen Seite der Leitung und wusste, dass Daniela nicht sauer war.

„Du liegst im Schlamm? Du bist wirklich verrückt. Mach, dass du nach Hause kommst, nicht dass du noch krank wirst. Und hör auf, dich zu bedanken. Wir sind Freunde und ich liebe dich nun mal auf meine Art. Jetzt beweg deinen Hintern.“ Damit hatte sie aufgelegt.

JC schüttelte nur den Kopf und erhob sich. Der Wind zerrte an ihm und ließ ihn frösteln. Eine heiße Dusche wäre sicher eine gute Idee.

Seine Gedanken wanderten zu Livia. „Ich werde dich immer lieben, kleine Schwester“, flüsterte er in den Wind.

Ein sanftes Säuseln antwortet ihm. JC gönnte sich einen letzten Blick in den Himmel und atmete kräftig die kalte Luft ein. Tief in seinem Herzen freute er sich über den Anruf. Er mochte diese Frau, die wie ein Wirbelwind war. Zumindest konnte er sich auf sie verlassen. Das war ein kleiner Lichtblick in seiner dunklen Welt.

Seufzend schob er seine Hände in die nasse Jacke und ließ sich von einer leichten Böe die Haare trocknen. Ein winziges Lächeln huschte dabei über seine Züge. Irgendwann würde er Livia wiedersehen, daran glaubte er ganz fest.

Bis dahin würde er Daniela nerven und mit ihr Eis essen. Sie war eine treue Seele, eine Art Phönix und immer für ihn da. Manchmal erwuchsen aus schlechten Dingen auch gute.

Doreen Pitzler *wurde 1986 in Sachsen-Anhalt geboren, wo sie auch aufgewachsen ist. Schon früh entwickelte sie eine Vorliebe für gute Geschichten und inspirierende Welten. Zu Schulzeiten verband sie diese Vorliebe mit ihrer eigenen blühenden Fantasie und begann mit dem Schreiben eigener Geschichten. Heutzutage ist das Schreiben ein willkommener Ausgleich zu ihrer Bürotätigkeit.*

Die Tochter des Vulkans

In einer längst vergangenen Zeit, als die Natur noch voller Götter war und die Menschen sich ihr unterordneten, anstatt sie zu besitzen, trugen sich auf einer fernen Insel höchst sonderbare Ereignisse zu ...

Unter dem blauen Himmel, an magischen, weißen Stränden, unter den Kronen ausladender Tropenbäume lebte einst ein Volk in einfachen Hütten. Dieses Volk hatte keinen Namen. Sein Dorf hatte keinen Namen. Seine Insel hatte keinen Namen. Die Idee einer Abgrenzung war ihnen nie gekommen. Sie waren Menschen und alle Menschen waren gleich unter der Sonne.

So einfach ihre Hütten waren, so einfach war auch ihr Leben. Sie bedienten sich der Schätze der Natur und achteten dabei stets auf den maßvollen Umgang mit den Ressourcen, die ihnen die Insel und das Meer schenkten. Mit Respekt begegneten sie den alten Bäumen, den Wasserfällen, den wundersamen Tieren und dem hohen Berg, der als Herz und Vater ihrer Insel Gott genannt wurde. So gingen zahlreiche glückliche Menschenleben ins Land.

Eines Tages tauchte am Horizont, wo sich das Blau des Himmels mit dem des Ozeans mischte, ein sonderbares Geschöpf auf. Die Bewohner der Insel versammelten sich am Strand, um den seltsam anmutenden Vogel, der über das Wasser zu ihnen hinüberschwebte, zu betrachten. Große weiße Flügel streckten sich zum Himmel und zähmten den Wind. Dunkle hölzerne Planken schnitten sich durch die sanften Wellen der azurblauen See und in der Sonne funkelnder Schmuck zierte seine gewaltige Brust. So näherte sich der Vogel, bis er die flachen Gewässer der Insel erreichte. Von dort sandte er kleinere Vögel aus, die zum Ufer hinüberkamen.

Sie trugen Menschen. Menschen, die anders aussahen als das Volk der Insel. Menschen, die anders gekleidet waren als das Volk der Insel. Menschen, die anders sprachen als das Volk der Insel. Doch da alle Menschen gleich waren unter der Sonne, wurden sie wie nach langer Reise Heimkehrende empfangen. In den Hütten der Inselbewohner wurde getafelt und die fremden Männer berichteten von einer fernen Welt, wo der Mensch kein Teil der Natur war, sondern sie gezähmt hatte. Sie berichteten von steinernen Häusern und Tempeln für andere Götter.

Und während sich einige skeptisch den Fremden gegenüber zeigten, hingen andere an ihren Lippen. Sie verfielen dem Zauber eines anderen Lebens und beschlossen, ebenfalls die Natur zu unterwerfen.

Am nächsten Morgen zogen sie los, um die Steine des großen Berges im Herzen der Insel zu bändigen. Sie behauten die schwarzen Felsen und schleppten sie fort, ohne das tiefe Brummen im Bauch des Berges zu vernehmen.

Die Fremden gaben den Bewohnern des Dorfes Befehle, packten aber selbst nie mit an. Ebenso wenig jene, die argwöhnisch den wundersamen Erzählungen lauschten oder die Neuankömmlinge gar nie beachteten. Sie gingen ihrem einfachen Handwerk nach. Fuhren mit ihren kleinen Booten zum Fischen und sammelten totes Holz für ihre Feuer. Unablässig warnten sie ihre Freunde und Verwandten. Doch diese hörten ihnen nicht zu und mit der Zeit wurden ihre Warnungen weniger.

Viele Tage und Nächte arbeiteten die Männer und Frauen an der Errichtung eines steinernen Hauses. Sie schlugen lebendige Bäume, um Gerüste für ihr Projekt zu errichten, zertrümmerten Felsen, um Quader für die Mauern zu hauen, und jagten die Tiere, um den sich gottgleich eingerichteten Fremden ein üppiges Mahl zu bieten. Das stetig anschwellende Grummeln im Bauch der Insel kam ihnen über den Krach ihrer Arbeit hinweg nicht zu Ohren.

So ereilte es sie wie aus dem Nichts, als sie einen besonders großen Felsen vom Berg brachen, dass die Erde zu beben begann. Panisch flüchteten die Menschen zurück zu ihrem Dorf, wo sie die Fremden sofort aufforderten, zurück in den Wald zu gehen, um ihre Arbeit fortzusetzen. Und sie gehorchten. Doch die Erde wollte nicht mehr zur Ruhe kommen. Wann immer sie einen Baum fällten, ein Tier erlegten oder einen Felsen schlugen, bebte der Boden unter ihren Füßen. Und mit jedem Mal wurde das Beben heftiger.

Unter großen Mühen gelang es den Menschen dennoch, ihr Bauwerk aus Stein fertigzustellen, und die Fremden zogen sogleich darin ein. Die Bewohner des Eilandes aber kehrten in ihre einfachen Hütten zurück, erschöpft, doch fest entschlossen, am Morgen mit dem Bau einer neuen steinernen Heimstatt zu beginnen.

Da riss sie ein neuerliches Beben aus dem Schlaf. Doch dieses war heftiger als alle Beben zuvor. Ein Grollen zerriss die Luft und die Menschen sahen entsetzt zum Gipfel ihres Berges, der sich in der Dunkelheit rot färbte.

Die fremden Männer wollten aus ihrer steinernen Unterkunft fliehen, da erzitterte die Erde erneut und die Fremden wurden unter den zusammenstürzenden Felsbrocken ihres Hauses begraben.

Doch der Gott sollte mit diesem Opfer keine Ruhe finden.

Die Erde begann sich zu spalten. Erst bildeten sich kleine Risse, dann Gräben und schließlich zog sich eine Schlucht vom Berg hinüber bis zum weißen Strand. Die Reste des steinernen Hauses stürzten hinein wie auch die hölzernen Hütten der Bewohner der Insel. Viele von ihnen fanden am Boden der Schlucht den Tod. Jene, die entkamen, fuhren mit ihren Booten aufs Meer hinaus.

Aus sicherer Entfernung beobachteten sie, wie ihre Insel in Flammen verging. All jene, die das Werk der Fremden seit jeher mit Argwohn betrachtet hatten, begriffen, warum der Gott der Insel sie strafte, und ein junges Mädchen, nicht älter als zehn, entschied, dass sie den Gott besänftigen musste.

Seine Familie hatte den Bau des steinernen Hauses stark vorangetrieben und nun fühlte es sich verantwortlich für sein Volk. Die anderen, die aktiv mit den Fremden gewirkt hatten, waren schon im Feuer vergangen.

Und obgleich seine kleine Schwester flehte, dass, wo sie doch schon Mutter und Vater verloren hatten, sie beide zusammenblieben, ließ sich das Mädchen nicht von seinem Entschluss abbringen. Auf einem kleinen Boot ruderte es allein zurück und betrat das brennende Eiland.

Aus der Ferne beobachteten die Menschen, wie es über glühende, schwarze Asche hinweg bis an die Schlucht herantrat, die all das Leben der Insel verschlungen hatte. Still stand es da. Was das Mädchen zum Gott der Insel sprach, konnten die Menschen nicht sagen. Die kleine Schwester weinte und in der dunklen Wolke über dem Vulkan zuckten Blitze.

Dann, wie aus dem Nichts, fuhr ein Blitz zum Strand hernieder und das junge Mädchen stürzte nach vorn in die Lavaschlucht.

Erschrocken schnappten die Menschen nach Luft, beklagten gar den neuerlichen Verlust, da begann unweit der alten Insel das Meer zu brodeln. Dampf stieg auf. Gischt peitschte bis zu den Booten hinüber und aus dem Dunst kochenden Wassers erhob sich tosend eine neue Insel. Gebannt beobachteten die Menschen die Geburt neuen Landes und warteten auf ihren Booten, bis sich der neblige Schleier vor den schroffen, schwarzen Felsen gelegt hatte. Dann ruderten sie gemeinsam zu diesen hinüber.

Als sie das junge Eiland betraten, dampfte es noch immer, doch das Gestein war kühl und fest. Sie besahen sich den schwarzen Sandstrand und erkannten, dass er die gleiche Farbe wie das Haar des jungen Mädchens hatte, das sich für die Sünden seines Volkes geopfert hatte.

Die Erde hatte dem Mädchen ein neues Leben geschenkt und es sollte seinem Volk eine Heimat geben. Fortan, so schworen die Menschen der Insel, würden sie die Natur achten und schützen, ganz gleich, von welchen Verheißungen andere sprechen mochten.

Mona Lisa Gnauck, *2000 geboren, studierte nach dem Abitur Geologie/Mineralogie an der TU Bergakademie Freiberg und absolvierte eine Ausbildung zur Journalistin. Neben ihrem Traumjob als Vollzeit-Mama studiert sie derzeit im Master Technikrecht und arbeitet als selbstständige Autorin und akademische Ghostwriterin. In ihren Texten verarbeitet sie gerne bewegende, gesellschaftliche Themen, kombiniert mit Motiven aus der Natur, der menschlichen Vorstellungskraft und der schöpferischen Energie der Sprache.*

Wie Phönix

„Das ist der Unheilsvogel, der verfluchte,
der uns die Ernte heuer wohl verdirbt,
da er mit heißem Atem heim uns suchte.
'S ist nur gerecht, dass er im Feuer stirbt."

Und bald umstanden die von Hass Erfüllten
den Scheiterhaufen, war'n geeilt herbei.
Das Feuer wuchs. Sie johlten laut und brüllten,
bis sie durchdrang des mächt'gen Vogels Schrei.

Man rasch verstummte. Seiner Unschuld Schmerzen
ergriffen all die Leiber ringsumher.
So harrten bebend sie mit bangen Herzen,
von Rauch umwallt, die Blicke tränenschwer,

bis den Verbrannten sie am Himmel fanden,
wie Phönix aus der Asche auferstanden.

__Wolfgang Rödig__ lebt in Mitterfels. Er hat bislang mehr als 900 belletristische Kurztexte in Anthologien, Literaturzeitschriften, Tageszeitungen, Magazinen und Kalendern sowie den Gedichtband „Punkt – Nach Komma, Strich und Faden" veröffentlicht.

Der Abgrund und das Danach: Für Dich

Es steht jemand am Abgrund des eigenen Gefühlslebens. Hier irritieren die Flügelschläge der Flugsaurier, die im Halbschlaf noch wahrnehmbar sind. Du bist das!

Die Nacht ist vorüber. Der frühe Morgen mit den Geräuschen des Straßenverkehrs hat dich noch ein, zwei Stunden im Bett gehalten. Es ist nun endlich an der Zeit, aufzustehen! So sagst du dir im Stillen. Du willst aus dem Bett und in den Tag starten. Erste Bemühungen. Du wälzt dich in den Kissen. Das Uhrenradio schickt seine lauten Lieder in die Gehörgänge. Eine Hand drängt sich zwischen zwei Jalousielamellen. Mit dem Morgenlicht fliegt ein Flugsaurier ins Zimmer ...

Am Frühstückstisch sitzend wird das erste Ei geköpft. Es kommen Erinnerungen an das Fallbeil, mit dem im Film ein Held seines Hauptes unrechtmäßig beraubt wurde. Freundin Charlott rast nach dem Frühstück mit einem schnellen Abschiedswort aus dem Haus.

In den vorausgegangenen Nächten peinigten dich Sorgen. Es gibt unangenehme Tatsachen in der Geschäftswelt, der du unzweifelhaft mit Geist und Körper angehörst. Du bist nämlich ein fester Teil eines Funktionsganzen, dessen Sinn du aber seit Jahren bestreitest. Aber du hast dich nicht ein einziges Mal offen dazu geäußert, weshalb man dich ja gerade für das funktionierende Etwas hält, was du tatsächlich bloß bist. Im Bewusstsein des vollen Wissens darum verübtest du an dir selbst manche kleine Missetat, die im Dunkeln blieb.

Zum Glück kenne ich deine Erfahrungen mit der Geschäftswelt nicht gut. Aus vollem Herzen hoffe ich aber für dich, dass du zu dir selbst finden wirst! Bald könntest du ja aus dem Problemfeld herauskommen, wo du seit Jahren dein Leben hast. Eben! Gestern erblickte ich auf der Kreuzung inmitten der Stadt, auf welcher wir uns vor Jahren kennenlernten, einen Menschen - der Mensch warst du!

Ich erwog sofort, das Gespräch zu suchen. Zu helfen ist mir etwas Selbstverständliches. Du erkanntest mich. Und wir sprachen dann auch zusammen. Sprachen jedoch nicht darüber, welche aufwühlenden Geschichten in deinem Bewusstsein immer mehr Raum beanspruchen. Und all das, wofür oft Zeit geopfert werden muss, damit es hin und wieder auch eine Problemlösung für die Bewältigung der Tagesmühen gibt. Ja, damals: welche Bezugspersonen betroffen waren, zu denen Beziehungen bestanden. Die von dir enttäuscht wurden, weil dein Verhalten irritierte! Aber welche dennoch für dich weiter eintreten wollten, denn sie erkannten, wie sehr doch Hilfe nötig war. Besonders die liebe Charlott wäre damals fast auf Distanz zu dir gegangen. Aber Enttäuschungen zerbrechen nun einmal Beziehungen.

Wir verabschiedeten uns gestern wieder voneinander. Jeder ging seiner Wege.

Gestern war gestern! Als ich dich vorhin vor einem Personenaufzug in einem der Hochhäuser der Stadt getroffen habe, war ich bass erstaunt. Dein Gesicht war so frei von Gram und Schmerz, dass ich es kaum glauben konnte. Ich blickte es genau an, ganz genau. Was ich lesen konnte, war eine, ich will sagen: Offenbarung!

Schnell sprechend, geradezu rasant, hast du mir Informationen über die Entwicklungen in den letzten vierundzwanzig Stunden gegeben. Es hätten sich größere Veränderungen, offensichtlich solche zu deinem Vorteil, ereignet. Du seist unter anderem bei deinem Psychiater gewesen, der dir erhellende medizinische Vorschläge zu deiner psychischen Genesung vermittelte, worüber du dich sehr gefreut hättest. Alle Möglichkeiten zur völligen Gesundung deiner Psyche seien aktuell gegeben. Lediglich die Tatsache, dass die private Versicherung, die du hast, nicht alle Therapiemaßnahmen bezahlen kann, würde dich etwas trübe stimmen.

Ich sitze jetzt an meinem Schreibtisch und bin geneigt, mich eben nicht für einen Narren zu halten, weil ich auf wenigen Seiten diese Geschichte aufgeschrieben habe. Sie zeigt doch auf, wie wichtig im alltäglichen Leben der Wille im Menschen ist, sich aus der eigenen großen Unzufriedenheit mit Gegebenheiten, gerade des Geschäftslebens, herauszukämpfen. Es gilt, niemals aufzugeben!

Kay Ganahl, *Jahrgang 1963 mit dem Lebensmittelpunkt Solingen/NRW, von Beruf Diplom-Sozialwissenschaftler und Schriftsteller.*

verloren pflanzen

sanft-hell
verschwiegen
braun
ewig
halb sieben

das bisschen
schräg
ganz
genau

muttermal
muttermantel

verloren
im rad
der welt

trotzdem
trotzt er dem
pflanzt
er
sonnenblumen

phoenix
könig
der lüfte

Marcel(lo) Friedli-Schwarz

Der Traum

Der letzte Morgen im September. Zehn Radminuten sind es zum Radiosender. Dort ist Rafael, Mitte zwanzig, seit knapp drei Monaten angestellt. Damit erfüllt sich sein Bubentraum: beim Radio arbeiten! Heute ist der letzte Tag der Probezeit. Ob er sie bestanden hat? Er denkt an den Kuss, den ihm Loredana zum Abschied geschenkt hat. Er kribbelt auf seinen Lippen.

Als beim Betreten des Studios der Parkettboden knarzt, ist leise *Love is in the Air* zu hören, das gerade über den Äther geht. Annabella, Rafaels Chefin, die heute die Frühschicht absolviert, ist hinter dem Bildschirm versunken. „Flaute heute", sagt sie, als sie sich nach den News zum Redaktions-Meeting in der kleinen Küche versammeln. „Wir müssen uns ..."

„... ich habe den Kontakt zu ...", sagt Rafael.

„... lass mich bitte ausreden!" Annabella verdreht ihre großen Augen. „Das ist ..."

„... ich will nur ..."

„... heja!", sagt sie mit erhobener Stimme und stampft mit dem Fuß. „Das Dreinreden solltest du dir abgewöhnen, falls ..." Annabella schweigt.

So still wie sonst nie ist es in diesem alten Radiohaus jetzt.

Rafael kann die Geschichte doch machen, die er vorschlägt: eine Story mit einem trockenen Alkoholiker. Anlass: die neue Präventionskampagne des nationalen Gesundheitsministeriums.

„Der Alkohol hat mein ganzes Leben aufgelöst: meine Ehe, mein Konto, mein Ich", sagt der Mann.

Dieser Satz muss als Originalton, als O-Ton, unbedingt rein.

Da Annabella seinen Text live lesen wird, prüft sie ihn vorher. „Hier bricht der Beitrag." Sie legt den Kopfhörer zur Seite und schaut ihn mit ihren großen blauen Augen streng an. „Es wird mir nicht klar, wie es der Ex-Alki geschafft hat, von der Flasche wegzukommen.

Warum hast du nicht genauer nachgefragt?! Das reicht nicht!" Sie kürzt, sie schreibt um. Immer wieder blickt sie auf die Uhr. Als sie den Beitrag in der Mittagssendung moderiert, erkennt ihn Rafael kaum noch. Sogar der O-Ton, der ihm ans Herz gewachsen ist, fehlt.

„Kommst du in die Küche?"

Annabellas Stimme ist etwas höher als sonst. Und sie hat sich eine Lucky Strike angezündet.

Sendeleiter Severino taucht auf, in einer grauen Bundfaltenhose und einem grünen Plüsch-Gilet. Es wird gemunkelt, er trete vor allem mit seiner modischen Eleganz in Erscheinung. Severino schnappt sich ein Glas, füllt es mit Wasser und setzt sich an den Küchentisch. Sie hält ihre Lucky Strike in die Luft.

„Ja also", sagt Annabella, „es ist das Ende deiner Probezeit ..."

„... ich weiß, dass ..."

„... lass mich den Satz beenden! Echt mühsam, dass du immer ..."

„... sorry, ist eine Macke", sagt Rafael und streicht sich die feuchten Hände an der Jeans ab. „Hab ich mir bei den Interviews angeeignet, wenn die Leute labern."

„Ich labere nicht, Rafael!" Annabella richtet sich in ihrem Stuhl auf und niffelt an ihrer silbernen Kette. „Das hier ist kein Gelaber, sondern ..."

„... die Kündigung?"

„Machen wir's kurz und schmerzlos." Der inhalierte Rauch der Zigarette bläht ihre Nasenflügel und schwebt Richtung Rafael, der mit der Hand wedelt, um ihn zu vertreiben. „Ich mache das ja nicht gerne. Aber es ist ein Teil der Verantwortung, die ich trage. Und ich muss das halt machen, auch wenn es mir ..."

„... die Kündigung!"

Annabella drückt ihre Lucky Strike in den Aschenbecher und wirft Severino einen Blick zu.

„Deine Leistung", sagt Severino und nimmt einen Schluck Wasser, „entspricht nicht unseren Vorstellungen. Das reicht nicht. Nur wer die geforderte Performance bringt, bleibt im Rennen." Sein Blick gleitet an Rafael vorbei. „Wir sind halt eine Leistungsgesellschaft. Sorry."

„Auch sorry – ihr könnt mich mal mit eurer Leistungsgesellschaft!" Rafael hetzt aus der Küche.

Auf der Straße atmet er die Herbstregenluft ein. Ab in die Azzurro-Bar, diesen Frust mit Weißwein runterspülen!

Ewigkeiten später ist tiefer Winter. Doch das ist Rafael ohnehin egal. Die Kränkung durch die Kündigung versucht er mit Weißwein wegzuspülen und im Rauch der Joints zu verstecken. Durch die Kündigung hat sich nicht nur sein Lebenstraum, sondern sein ganzes Leben in Luft aufgelöst. In der Dreckluft all der Joints.

Heute ist ebenso einer dieser vielen Tage, grau und tot wie Asche. Immerhin schafft er die Stufen zum Briefkasten. In den letzten Wochen und Monaten ist er nicht mehr aus dem Bett gekommen, geschweige denn aus der Wohnung.

„Das reicht nicht", dröhnt es in seinen Ohren. „Wir sind eine Leistungsgesellschaft."

Was ist sein Leben – ohne Leistung?

Er fischt einen Umschlag aus dem Briefkasten. Eine weitere Absage: Nicht mal als Kellner will man ihn. Vermutlich würde er Rotwein über Plüsch-Gilets schütten und Lucky-Strikes-Aschenbecher vom Tisch fegen.

Und die Liebe, ähm, na ja: Auch Loredana scheint sich in Luft aufgelöst zu haben. „Immerhin Luft mit feinem Duft", denkt er, als er ihr Gesicht vor sich sieht und sich an ihr Parfum erinnert. Und ans Kribbeln auf den Lippen.

Das neue Jahr ist einige Wochen alt.

Rafael liegt auf dem Bett, vor ihm Bücher. Sie handeln von der Sehnsucht, vor aller Leistung beachtet zu werden. Die Worte verschwimmen vor seinen Augen.

Sich Beachtung, Anerkennung, Wertschätzung, Liebe nicht verdienen müssen ...

Offenbar fühlt er sich nur dann geliebt, wenn er die geforderte Leistung bringt. Und die Erwartungen erfüllt.

Tränen lösen sich. Er wischt sie weg, lässt dann zu (es sieht ihn ja niemand), dass sie über seine Wangen rinnen.

„Wenn du dir eine Perle wünschst, suche sie nicht in einer Wasserlache", liest er in einem der Bücher. „Wer eine Perle finden will, muss bis zum Grund des Meeres tauchen."

Aufhören, im Außen zu suchen.

Ihm unbekannte Laute lösen sich aus seiner Kehle, brechen den Bann, es schüttelt ihn. Er hat in einer Wasserlache eine Perle gesucht, in einer Wasserlache! Offenbar hat er so abgrundtief sinken müssen – um die echte Perle zu erahnen.

Frühling. In einem nächtlichen Traum springt Rafael in einen eiskalten See. Er weiß: „Ich komme heil an Land." Das Wasser spült Rafaels Kränkungen, Verletzungen weg. Dann sieht Rafael sich selbst, wie er konzentriert auf ein Ei blickt. Daraus zaubert er mit seinem Pinsel einen Adler auf eine Staffelei. Der purpurfarbene Adler mit goldenem Hals löst sich aus dem Bild und breitet seine Schwingen aus. Getragen vom Wind, fliegt er über die Berge, in himmlisches Blau. Dieses Blau, das Purpur und das Gold seines Phoenix-Traums beschwingen Rafael zum Comeback an der Uni.

In einer Pause kommt er mit Mitstudent Chris ins Gespräch. Er arbeitet in einer Redaktion. „Jeder Tag ist aufregend, anders als an der Uni."

„Ich war mal beim Radio."

„Perfekt! Wir suchen freie Mitarbeiter", sagt er mit einem Lächeln. „Bewirb dich."

„Ob sie mich nehmen? Ob ich es nochmals wagen soll?" Diese Fragen wälzt Rafael, als er nicht schlafen kann. Während sich der Tag aus der Nacht schält, kommt ihm Phoenix mit seinen weiten Schwingen in den Sinn.

Noch vor dem morgendlichen Espresso setzt sich Rafael hin, um die Bewerbung zu schreiben. Im Begleitbrief erwähnt er, dass er den Tipp von Chris erhalten hat.

Der Redaktionsleiter meldet sich kurz darauf. „Wir wollen Sie kennenlernen."

Dann klingelt das Telefon erneut: Loredana! Rafael hört und spürt sein Herz klopfen, bis in den Hals hinauf.

„Was ich dir noch sagen will ..."

Als Autor, Yogalehrer und L(i)ebender kennt ***Marcel(lo) Friedli-Schwarz*** *auch Phoenix-Momente. Er schreibt Kurzgeschichten sowie Gedichte und arbeitet an einem Roman.*

Unsichtbare Fesseln

Hannah stand am Rand des Meeres und spürte, wie die kühlen Wellen ihre Füße umspülten. Es war ein warmer Abend in Spanien und der Sonnenuntergang tauchte den Himmel in ein goldrotes Leuchten. Sie war mit ihren besten Freundinnen im Urlaub, weit weg von ihrem Leben, das sie in Deutschland zurückgelassen hatte – zumindest für ein paar Tage.

Doch der Abstand ließ sie erkennen, dass sie mehr zurückgelassen hatte als nur die täglichen Verpflichtungen. Seit vielen Jahren war Hannah in einer Beziehung mit Alexander. Gemeinsam hatten sie eine wundervolle Tochter. Doch in den letzten Jahren war etwas in ihr gestorben. Die Liebe, die einst so stark gewesen war, hatte sich in Gewohnheit verwandelt. Die Wunden, die sein Betrug hinterlassen hatte, waren nie ganz verheilt.

Hannah hatte sich entschieden, zu bleiben – wegen ihrer kleinen Tochter Emilia, wegen der Familie, wegen des Hauses, das sie gemeinsam aufgebaut hatten. Aber die Leere in ihr wuchs jeden Tag. Sie hatte gelernt, damit zu leben, sich anzupassen und ihre Träume und Wünsche beiseitezuschieben. Doch während dieses Urlaubs spürte sie, wie eine lange vergessene Sehnsucht in ihr erwachte.

Es war nicht nur die Freiheit, die sie hier erlebte, die unbeschwerten Tage mit ihren Freundinnen, fernab von den Pflichten und der Last ihres Alltags. Es war mehr. An einem dieser Abende, als sie gemeinsam mit ihren Freundinnen bei einem Glas Wein saß und der warme Wind durch ihre Haare strich, blickte sie in die Augen von Lara – ihrer Freundin, die sie erst ein paar Jahre kannte.

Lara war spontan in ihr Leben getreten. Sie hatten sich auf der Arbeit kennengelernt. Anfangs war Lara, die eine ruhige und zurückhaltende Person war, überfordert von Hannahs offener und etwas chaotischer Art. Trotz der Unterschiede waren sie nicht nur Kolleginnen geblieben, sondern über die Jahre Freundinnen geworden. Doch an diesem Abend sah Hannah Lara mit anderen Augen. Ein tiefes

Gefühl, das sie nie erwartet hätte, überkam sie. In Laras Lächeln lag etwas, das Hannah plötzlich anders berührte als jemals zuvor.

Sie wollte ihr nah sein, näher als sonst. Dieses überwältigende, unerwartete Gefühl war mit einem Mal aus unerklärlichen Gründen da. Zuerst war Hannah verwirrt, unsicher, ob das, was sie spürte, real war oder nur eine Illusion, hervorgerufen durch die Freiheit und die Leichtigkeit dieses Urlaubs. Doch als ihre Blicke sich wieder trafen, wusste sie, dass da mehr als nur Freundschaft zwischen ihnen sein könnte. Da war etwas, das die beiden bisher nicht gesehen hatten.

Zurück in Deutschland war alles anders als zuvor. In den nächsten Wochen wandelte sich ihre Beziehung. Anfangs rangen beide mit sich, ob es wirklich das Richtige war. Stellten sich die Frage, ob man es versuchen sollte. Sie waren schon immer sehr unterschiedlich gewesen, lebten verschiedene Leben. Jede brachte ihre eigenen Themen aus der Vergangenheit mit. Aber was einst eine einfache Freundschaft gewesen war, wurde zu etwas Tieferem. Sie lachten, sie redeten stundenlang, suchten die Nähe der anderen.

Hannah fühlte sich wieder lebendig auf eine Weise, die sie seit Jahren nicht mehr kannte. Die Last ihrer Beziehung mit Alexander fiel von ihr ab und sie begann, an ein neues Leben zu denken – ein Leben, in dem sie wirklich glücklich sein könnte. Hannah wusste, dass sie nicht länger in ihrer unglücklichen Beziehung bleiben konnte. Sie spürte den Drang, ihr Leben neu zu ordnen, und traf die Entscheidung, sich von Alexander zu trennen.

Es war kein leichter Schritt mit vielen schmerzhaften Ereignissen, aber es war ein Schritt, der sich richtig anfühlte. Zum ersten Mal seit Jahren fühlte sie sich mutig und euphorisch, als hätte sie die Kontrolle über ihr Leben zurückgewonnen. Die neue Beziehung mit Lara erfüllte sie mit Hoffnung und Liebe, aber sie brachte auch Herausforderungen mit sich, die Hannah nicht erwartet hatte.

Lara war nicht bereit, die Beziehung öffentlich zu machen. Sie hatte Angst vor den Reaktionen ihrer Familie, den Kollegen, vor der Außenwelt. Lara hatte einige schlimme Erfahrungen gemacht, die Hannah noch nicht verstehen konnte. Ihr fehlten diese schmerzhaften Erfahrungen und ein umfängliches Verständnis entwickeln zu können. Hannah wusste zwar von Anfang an, dass sie diese Liebe nicht komplett offen leben konnte, doch sie hatte geglaubt, dass sie das alles überwinden würde.

Dass die Kraft dieser Gefühle alle Hürden nehmen würde. Sie spürte eine Liebe, bei der sie nie gedacht hatte, dass sie wieder so viel fühlen würde, nach den ganzen Enttäuschungen in ihrem Leben. Doch mit der Zeit begann die geheime Beziehung Hannah zu zerreißen. Die ständigen Versteckspiele auf der Arbeit, die Tatsache, dass man nicht zusammen zu Familienfeiern gehen konnte, die äußeren Einflüsse und auch die unterschiedlichen Bedürfnisse – all das wurde zur Belastung.

Je mehr Zeit verging, desto bedrückender wurde die Situation. Ihre anfängliche Euphorie verblasste und an ihre Stelle traten Verzweiflung, Überforderung und Traurigkeit. Ihr Leben war zusätzlich belastet durch Streitigkeiten mit Alexander, der ihr das Leben zur Hölle machte, eine hohe Arbeitsbelastung und Ängste aus der Vergangenheit, die sie immer noch heimsuchten. Hannah verfiel in eine Depression, die wie ein ständig größer werdender Schatten über ihr lag. Die Nächte, in denen sie allein im Bett lag und sich danach sehnte, Laras Hand zu halten, wurden manchmal unerträglich. Sie weinte sich oft in den Schlaf. Hatte das Gefühl, dass alles, was sie tat, nicht ausreichte. Sie und ihre Anstrengungen einfach nicht genug waren. Die Angst, dass Laras Gefühle nicht mehr der Intensität ihrer eigenen entsprachen. Die Furcht, dass jeder neue Streit der letzte sein könnte. Ihre Ängste dominierten ihr Leben. Gefangen in einem selbst erbauten Käfig mit unsichtbaren Fesseln der Angst.

Lara konnte Hannah in dieser Zeit nur wenig helfen. Sie wusste um ihre Verzweiflung, doch auch sie war gefangen – gefangen in ihren eigenen Ängsten, den vergangenen Verletzungen und Unsicherheiten. Sie wusste nicht mehr, was das Richtige ist, was wirklich helfen konnte. Das einst so starke Band begann zu bröckeln. Die Frage, ob ihre Beziehung überhaupt bestehen könnte, wurde immer drängender.

Es kam der Tag, an dem Hannah mit drängender Gewissheit erkannte, dass sie so nicht weitermachen konnten. Lara stand schon lange auf der letzten Stufe. Hatte selbst keine Kraft mehr, zweifelte an sich selbst, an Hannah und verlor immer mehr die Hoffnung, dass sie beide jemals aus diesem negativen Kreislauf herauskommen könnten. So viele Male hatte Hannah versucht, etwas zu ändern. Doch waren am Ende nur minimale Erfolge erkennbar, die einfach nicht ausreichten.

Rückschritte, die alle Hoffnung und das Vertrauen fast auslöschten. Trotz der Gefühle, die Lara für Hannah hegte, dachte sie an die Trennung. Um beiden die Schmerzen und das Leiden zu nehmen. Inmitten dieser Dunkelheit, als Hannah glaubte, keinen Ausweg mehr zu sehen, keimte in ihr endlich eine Erkenntnis. Sie konnte nicht darauf warten, dass jemand anderes sie rettete. Nicht ihre beste Freundin Linda, kein drittes Selbsthilfebuch, nicht ihre Kinder, nicht Lara – nur sie selbst konnte sich aus diesem Loch ziehen.

Sie erkannte, dass sie wieder aufstehen musste, wie der Phönix aus der Asche. Es war der letztmögliche Punkt, um sich selbst, ihre Tochter, das Leben, das sie sich wünschte, und auch ihre Beziehung zu retten. Es gab keinen anderen Weg, als sich von diesen so festen, unsichtbaren Fesseln zu lösen, sich selbst zu heilen und zu kämpfen. Die Wiedergeburt des Menschen, der noch ganz tief in ihr steckte. Sonst würde die jetzt nur noch glimmende Glut endgültig zur Asche. Ein selbst gewählter Neuanfang nach dieser großen und lebensverändernden Niederlage.

Die nächsten Monate waren mehr als hart. Jeder einzelne Schritt schien ein Kraftakt und oft fühlte sie sich, als würde sie nur auf der Stelle treten. Ihre Bemühungen waren nicht immer erfolgreich. Jeder Rückschritt traf sie hart. Auch die Beziehung zu Lara konnte diesen Situationen kaum noch standhalten. Doch sie gab nicht auf, glaubte von Tag zu Tag mehr an ihr eigenes Feuer. Sie suchte sich weitere Hilfe, sprach mit verschiedenen Therapeuten und vertraute sich ihren Freundinnen an. Aber auch die Therapie wurde zur Belastungsprobe. Nichts schien langfristig zu funktionieren.

Lara gab ihr mit ihrer letzten Kraft die Zeit, die Hannah noch brauchte. Langsam, aber sicher begann sie, wieder am Leben teilzunehmen. Sie unternahm kleine Dinge – Spaziergänge im Park, Abende mit alten Freunden, das Aufgreifen alter Hobbys, eine Reise allein. Jeder kleine Fortschritt fühlte sich mehr wie ein Sieg an. Und die zwischenzeitlichen Niederlagen konnte Hannah dadurch immer besser verkraften. Ob ihre Beziehung mit Lara eine Zukunft hatte, wusste sie nicht, auch wenn das stets ihr größter Wunsch war. Auch nicht, ob Lara diesem Druck über die noch nötige Zeit standhalten konnte.

Aber sie wusste, dass sie so nicht weitermachen konnte. Sie musste sich wiederfinden, bevor sie entscheiden konnte, was richtig für sie war. Und auch wenn der Weg lang und steinig war, wusste sie, dass sie ihn gehen würde, um sich von den Fesseln der Vergangenheit zu lösen, um das Leben zu führen, das sie sich von ganzem Herzen wünschte. Tief in ihr hatte sie endlich die Stärke eines Phönix wiedergefunden, der aus den Flammen aufersteht – stärker, entschlossener und bereit, das Leben zu leben, das sie sich wirklich wünschte.

Nadin Kadner *ist Jahre alt und lebt in Werder an der Havel. Das Schreiben ist ihre Leidenschaft geworden. Kurzgeschichten für Groß und Klein, Gedichte oder Texte, die nur für sie bestimmt sind. Sie hat schon viele Jahre darüber nachgedacht, zu schreiben, den Traum gehabt, etwas Eigenes veröffentlichen zu können, hat sich aber lange nicht getraut, ihre Texte einzureichen.*

Die zwei Brüder und der Phönix

Es waren einmal zwei Brüder, die sich aufmachten, um einen Phönix zu fangen. Da der Herrscher ihres Reiches eine große Belohnung an diejenige versprochen hat, die ihm einen Phönix bringen. Die beiden reisten durchs ganze Land und kamen eines Tages an eine prachtvolle Villa in der Mitte eines großen Waldes. Da sie müde von dem langen Reisen waren, beschlossen sie, dort um Unterschlupf für die Nacht zu bitten.

Als sie anklopften, öffnete ihnen eine wunderschöne Frau, die ein langes feuerrotes Kleid trug. Es war die Herrin des Hauses. Überraschenderweise stimmte die Herrin des Hauses ihrer Anfrage für Obdach zu und ließ die beiden Brüder herein. Sie brachte die Brüder in ihren Speisesaal, wo sie ihr Abendessen mit ihnen teilte. Während sie aßen, fragte die Frau, was der Grund für ihre Reise sei. Als die Brüder ihr von dem Phönix erzählten, begann die Frau zu lachen. „Einen Phönix? Da könnt ihr lange suchen, so etwas gibt es hier nicht.“

Trotz des Belächelns der Hausherrin blieben die Brüder fest entschlossen. Nachdem sie ihr Abendessen gegessen hatten, wünschten sie der Frau eine gute Nacht und wurden von einem der Bediensteten zu ihren Betten gebracht. Da sie von ihren langen Reisen erschöpft waren, schliefen die beiden schnell ein.

Mitten in der Nacht wurde der jüngere der Brüder wach. Er konnte Schritte außerhalb ihres Zimmers hören. Vorsichtig stand er auf und ging zur Tür. Er öffnete sie einen kleinen Spalt. Auf dem Flur konnte er die Herrin des Hauses sehen, die mit einem Kerzenleuchter in ihrer Hand in einem der Zimmer verschwand. Neugierig folgte der junge Bruder ihr und schaute durch das Schlüsselloch ins Zimmer. Im Inneren konnte er die Herrin des Hauses sehen, die einen komischen Tanz aufzuführen schien. Sie bewegte und drehte sich zu einer Melodie, die nur sie zu hören schien. Am Ende verwandelte sich die Frau in einen wunderschönen Vogel mit feuerrotem Gefieder. Der jüngere Bruder traute seinen Augen nicht. Es war der Phönix.

Schnell lief der jüngere Bruder zurück zu seinem Zimmer, wo er seinen Bruder weckte. Hektisch erzählte er dem Älteren, was er gesehen hatte. Dann nahm die Brüder das Netz hervor, das sie extra für den Fang des Phönix hatten anfertigen lassen, und gingen zu dem anderen Zimmer. Sie stürmten hinein und warfen das Netz auf den ahnungslosen Vogel. Der Phönix ging zu Boden, hilflos mit seinen Flügeln flattern, die sich aber nur im Netz verfingen.

„Was habt ihr getan? Lasst mich frei, liebe Brüder."

Der ältere Bruder schmunzelte nur über die Bitte des Phönix. „Ganz bestimmt nicht. Wir bringen dich zum König für eine saftige Belohnung. Dann können wir auch in solch einem prächtigen Haus leben."

„Ich werde alles mit euch teilen, wie ich es auch schon zuvor getan habe. Ihr könnt hier bei mir wohnen. Nur bitte, bringt mich nicht zum König. Er wird mich in einen Käfig sperren, sodass ich für immer eine Gefangene bleiben werde", flehte der Phönix erneut."

Der jüngere Bruder begann Mitleid mit dem Phönix zu haben und sah zu seinem Bruder, der nur streng mit dem Kopf schüttelte. „Wieso sollten wir teilen, wenn wir alles für uns allein haben könnten?"

„Wie ihr wünscht", sagte der Phönix, der auf einmal gar nicht mehr so ängstlich klang.

Eine unangenehme Wärme bildete sich in dem Zimmer. Funken schienen aus dem Gefieder des Vogels zu springen, die das Netz in Flammen setzten. Erschrocken ließen die beiden Brüder das Netz los, welches sofort verbrannte. Ein gewaltiger Windstoß drang durch das sich von alleine öffnende Fenster und riss die Brüder von ihren Füßen, hinaus in die Nacht. Unsanft landeten sie in zwei nahe stehenden Tannen. Sie konnten nur zusehen, wie die prachtvolle Villa vor ihnen wie von Zauberhand verschwand und mit ihr auch der Phönix.

Lina Sommerfeld, *1996 geboren, studiert zurzeit in Saarbrücken. Sie schreibt seit ihrer Kindheit ihre eigenen Geschichten und ist generell im Fantasy-Genre unterwegs. Einiges ihrer Texte wurden bereits veröffentlicht.*

Immer vorwärts

Kindheit schwer ertragen ... Dennoch nicht verzagen, immer wieder Neues wagen! Auch wenn es schwer ist, der eigene Weg ist der einzige. Egal wie hügelig, egal wie steinig, einfach weiter kraxeln, kraxeln und kraxeln ... Immer weiter, immer vorwärts! Immer ganz stur nach vorne schauen! Nicht nach links und auch nicht nach rechts schauen. Und natürlich erst recht niemals zurückschauen, auch bloß nicht nach unten schauen. Immer Kopf hoch, Blick geradeaus!

Lauf in die Welt hinaus, steige Berge hinauf. Gen Himmel, sieh zu Gott hinauf! Vergangenes lass' vergangen. Ums Heute mach' dir keine allzu großen Sorgen. Träume einfach mal von einem „neuen Morgen"...

Und kämpfe dann mit aller Leidenschaft, mit vollem Enthusiasmus für deine Träume! Auch wenn dein Umfeld vor Wut schäumt und sich dir mit aller Wucht entgegenbäumt. Auch wenn dein Umfeld dich letztendlich gänzlich verbannt, hast du dein Schicksal durchaus doch noch selbst in der Hand. Nimm es einfach selbst in die Hand!

Und wenn dir niemand hilft, dann hilf dir eben selbst! Geh einfach irgendeinen Weg, nämlich deinen Weg! Denn dein Leben gehört dir! Dein Maßstab bist allein du. Glaube an dich und auch an Wunder immerzu! Lebe in der Hoffnung auf ein besseres Leben. Unmöglich Geglaubtes kann nämlich durchaus doch noch möglich werden – auch noch in diesem einen Leben auf dieser Erde.

Vielleicht zieht es dich durch Zufall woanders hin und du bleibst dort irgendwo hängen und lebst doch noch auf in himmlisch anmutenden Glücksgesängen. So ähnlich wie einst der längst totgeglaubte Vogel Phönix zum Erstaunen aller Leute überraschenderweise ganz unerwartet aus der tiefschwarzen Asche eines zuvor schlimmen, alles vernichtenden Feuers wiederauferstanden und quicklebendig, mit neuem Leben erfüllt gen Himmel emporgestiegen ist. Und dies augenscheinlich sogar äußerst farbenfroh und lebensfroh. Totgesagte leben nämlich oft länger ... Und wissen den wahren Wert des Lebens besonders gut wertzuschätzen! Infolge ihrer zumeist harten Kindheit sind sie recht abgehärtet fürs weitere Leben und so erstaunlicherweise sehr robuste, zähe und widerstandsfähige Persönlichkeiten. Sie überraschen sogar mit unbändigem Lebensdrang und purer Lebensfreude! Vielleicht gelingt ja auch dir zur Verblüffung aller Leute und auch deiner selbst ein solch einzigartiges, kurioses, furioses und grandioses Kunststück wie einst diesem wundersamen Vogel Phönix bzw. einigen anderen, bereits längst totgeglaubten Menschen.

Und das, obwohl du selbst schon längst nicht mehr damit gerechnet hast, mit allem schon abgerechnet hattest. Und deine Mitmenschen dich eh nicht haben wollten, dir keinen Respekt zollten, dir dein Leben zur Hölle machten, dir kein Wohlwollen gönnten und dich immer nur verspotteten und verhöhnten. Und dich eh längst alle abgeschrieben haben.

Doch dem Schicksal einfach ein Schnippchen schlagen! Doch noch zu etwas geraten. Doch noch jemand werden. Und sogar doch noch glücklich werden, und zwar hier und jetzt auf Erden!

Das ist total perplex. Nach dem schwierigen und grauenvollen Höllenritt gegen das böse Komplott ist doch noch ein sagenhaft genialer Geniestreich gelungen! Einfach an einem anderen Ort, mit ganz anderen Leuten an einem ganz anderen Ort – dort, wo die schlimme Vergangenheit ist fort. Es geht also doch etwas! Auch wenn man zunächst vielleicht noch gar nicht weiß, wofür ... Drum einfach mal aufbrechen und irgendeinen Weg losgehen – vielleicht zunächst ziellos, aber gewiss doch nach vorne bestimmt. Vorwärts im Leben kommt man schließlich ja auch nur, wenn man sich nicht aufgibt und einfach irgendwie weitermacht!

Letzten Endes wird man dann für die vielen Mühen doch noch belohnt. Und der äußerst beschwerliche Weg zu einem ganz anderen Glück ist doch noch von einem Happy End gekrönt.

Es geht also doch etwas, wenn man nur will und sich bemüht und natürlich auch noch ein bisschen Glück dabei hat! Und dies nach einem recht schwierigen, sehr holprigen Start in ein zunächst ziemlich unglücklich und aussichtslos erscheinendes Leben ... Das ist eine herausragende Lebensleistung, auch zur eigenen großen Überraschung. Nach einem brutalen Horrortrip doch noch zum unerwarteten, ganz großen Glück. Was für ein triumphaler Siegeszug gegen die schlimme Vergangenheit! Siegt letztendlich doch noch das Gute über das Böse. Was für ein Paukenschlag! Welch eine großartige Sensation! Denn ein qualvoller Leidensweg mit solch einem erstaunlich überglücklichen Ausgang kommt höchst selten vor. Da fühlt man pure Verwunderung und Freude, wenn man endlich ankommt in einem ganz neuen, sehr angenehmen Heute – in einer ganz neuen, einer glücklich machenden Welt.

Das ist ein außergewöhnliches, ganz besonderes, einzigartiges, noch nie gekanntes Gefühl. Diese Wiedergeburt, das neue Leben, das neue Menschsein nun einfach nur noch feiern und genießen ... Da darf man sich natürlich auch mit vollem Stolz brüsten bezüglich des äußerst mühselig erlangten Lebenserfolgs. Und mit breiter Brust in der Öffentlichkeit auftreten. Und dann aber bitte nicht vergessen, auch aller Welt davon zu erzählen: Schicksal kann man mit etwas Glück sogar doch auswählen, hart daran arbeiten und so sein Lebensglück doch noch erwählen!

Zum Erstaunen, gar zur Verblüffung vieler Leute dann vielleicht auch noch als i-Tüpfelchen des ungeplant erfolgreichen Werdegangs für das eigene Lebenswerk auch noch geehrt werden. Da wird so manch einer sicherlich absurderweise sogar noch neidisch werden ... Auch so eine Auszeichnung haben wollen! Aber solch einen schlimmen, sehr herausfordernden Lebensweg keinesfalls bewältigen wollen. Höllenleid bloß nicht ertragen bzw. aushalten müssen. Und solch einen schwierigen Umweg zum Lebensglück im zweiten, dritten, vierten, gar x-ten Anlauf bloß nicht meistern müssen ... Drum allergrößte Verachtung diesen unverschämten Neidern, die nur Ruhm und Ehre abgrasen und die Ernte einfahren wollen, ohne jedoch die hierzu nötige mühevolle Lebensleistung zu erbringen.

Doch allergrößter Respekt vor demjenigen, dem solch ein grandioser Höllenritt zum nicht mehr geglaubten Lebensglück gelingt! Neidlose Anerkennung! Absolute Hochachtung!

***Juliane Barth,** Jahrgang 1982, lebt im Südwesten Deutschlands. Sie schreibt als Hobby seit jeher sehr gerne, u. a. Gedichte, Kurzgeschichten und Sachtexte. Veröffentlichungen in diversen Anthologien: https://sacrydecs.hpage.com.*

Das Feuer der Erneuerung

Týhýllos blickte mutlos über die Ebene von Tarhern. Eine seltsame Krankheit hatte viele erfasst. Sobald das Erwachsenenalter anbrach, wurden sie krank und schwach. Auch seine Eltern waren, wie alle, von der Schwäche befallen.

Es gab noch etwas Merkwürdiges. Er war der Einzige in seinem Alter. Seine Eltern waren die Letzten gewesen, die noch ein Kind bekommen hatten, und er war jetzt zwölf. Was war mit Tells geschehen? Hätte es nur die Provinz Tarhern betroffen, hätte Týhýllos in der Hauptstadt Hilfe geholt. Doch er wusste von Händlern, dass es ganz Tells betraf. Er musste seinem Land helfen.

Týhýllos kannte die Legende von der lebendigen Flamme der Erneuerung, dem Phönix.

Ihn musste er finden. Er musste in die Berge von Zýamandandê. Niemand wusste, was sich dahinter befand. Sollte er seine Urgroßeltern um Rat fragen?

Nein, das wäre bestimmt nicht nötig. Das war der Vorteil in Tells. Niemand starb. Es lebten noch zehn Generationen seiner Familie, einige davon über achthundert Jahre alt. Doch selbst sie wussten nicht mehr genau, was vor rund achthundert Jahren geschehen war.

Er kam zu dem Schluss, dass er die Flamme schon alleine finden musste. Wer sollte es denn sonst machen, wenn nicht der letzte Jugendliche von ganz Tells? Die anderen Tellsianer waren mittlerweile viel zu schwach für solch eine Exkursion. Sie starben zwar nicht, aber sie siechten in ihren Häusern vor sich hin und litten am ewigen Leben mehr, als sie es genießen konnten. Er ertrug besonders das Bild seiner Eltern nicht, wenn er sie so kraftlos in ihren Sesseln sitzen sah.

„Sie werden schon zurechtkommen“, sagte er sich. Er warf ihnen noch einen letzten Blick zu und schritt hinaus aus seinem Heim.

Ein eisiger Wind wehte über die schneebedeckten Gipfel von Zýamandandê. Jenseits waren die Unaussprechlichen Lande. Niemand kannte sie, deshalb auch der seltsame Name.

Überall lagen nur gewaltige Schneemassen. Týhýllos war mittlerweile richtig durchgefroren und alles, was er noch sah und fühlte, waren die blendend weiße Schneedecke, die ihn fast blind werden ließ, und der eisige Wind, der sich wie Nadelspitzen in seine Haut grub. Zwar hatte er die Mütze tief ins Gesicht gezogen, doch was half das schon?

„Warum nur mussten diese Berge auch so verdammt hoch sein? Hätten die Unaussprechlichen Lande nicht hinter den Hügeln von Týxýmos liegen können?“, dachte er. In ihnen hatte er als Kind oft gespielt und jeden einzelnen davon oft genug ohne Mühe bezwungen.

Da hörte er Gebrüll. Was war denn jetzt los? Verzweifelt blickte er sich um. Entsetzt sah er, wie die Faust eines Schneeriesen auf ihn zukam. Mit aller Kraft rollte er sich zur Seite. Die Faust des Riesen zermalmte den Fels, auf den er sich gerade geworfen hatte.

Der Riese blickte sich nach seinem Opfer um. Týhýllos sprang auf und rannte zwischen den Beinen des Riesen hindurch hinaus in die dichte Schneewehe. Doch schon war der Riese hinter ihm. Das war sein Ende! Wie sollte er vor solch einem Monster fliehen?

Gerade hob der Riese seinen Fuß, um den Jungen zu zermalmen, als plötzlich eine gewaltige Feuerpeitsche aus dem Nichts auftauchte und sich in das Bein des Riesen bohrte. Das Bein wurde abgerissen und verwandelte sich in Pulverschnee, der davongeweht wurde. Der Riese brüllte verzweifelt auf, als sein Körper von weiteren Peitschenhieben getroffen wurde. Gewaltige Schneemassen wirbelten durch die Luft. Vom Riesen war nichts mehr zu sehen.

Verblüfft blickte Týhýllos auf und sah in das Gesicht eines Mädchens, das ähnlich vermummt war wie er. An seiner Seite trug es die merkwürdigste Peitsche, die er je gesehen hatte.

„Alles in Ordnung?“, rief die Unbekannte über den Sturm hinweg. Der Junge nickte nur. Sie streckte ihm die Hand hin, die er dankbar ergriff. Kraftvoll zog sie ihn hoch.

„Ich bin Náriá, die letzte Tochter der Sâhîtsch. Was tust du denn hier oben in den Teufelsgipfeln?“, fragte sie ihn verwundert.

„Ich bin Týhýllos, der letzte Sohn von Tells. Ich suche den Phönix. Er soll hier in den Bergen von Zýamandandê leben“, erklärte der Junge.

Náriá machte große Augen. „Dann sind wir auf der gleichen Mission. Auch bei den Sâhîtsch gibt es keine Kinder mehr und das Volk wird schwächer. Ich bin die Einzige, die kräftig genug für die Wanderung war", erzählte sie besorgt.

„Soll das etwa heißen, dass auch ihr unsterblich seid?", fragte er verblüfft.

„Wir haben dereinst von der Quelle der Unsterblichkeit getrunken. Niemand weiß heute mehr, wo diese Quelle ist, aber ja, auch wir sind unsterblich", bestätigte sie.

„Lass uns gemeinsam suchen. Vielleicht können wir unser beider Völker retten", schlug der Junge vor.

Náriá nickte. Das klang gut.

Gemeinsam spähten sie in die Dämmerung.

„Dort! Da war etwas!", rief er. Tatsächlich flammte dort in der Ferne ein schwaches Licht auf.

Die Jugendlichen eilten darauf zu.

Da war tatsächlich ein Felsentor. In der Mitte saß er: der Phönix. Doch was war mit diesem Geschöpf nur geschehen? Er sah ja fürchterlich aus, so als wäre er gerupft worden! Der Phönix wandte sich den beiden Menschen zu.

„Was wollt ihr von mir? Geht weg und lasst mich in Ruhe!", krächzte er.

„Bitte, Phönix, du musst uns helfen. Unsere Völker gehen zugrunde", rief Týhýllos verzweifelt.

„Das habt ihr euch ganz alleine zuzuschreiben. Ihr habt von der Quelle des ewigen Lebens getrunken. Doch ohne den Tod gibt es keine Erneuerung – und auch ich kann mich nicht mehr erneuern. Eure Völker sind zu ewigem Siechtum verdammt!", erklärte der Vogel zornig.

Doch Náriá ließ sich nicht so leicht abspeisen. „Wir müssen doch etwas tun können!", beschwor sie verzweifelt.

„Für eure Völker gibt es keinen Weg mehr. Nur wenn ich sterbe und meine reinigende Flamme eure Länder von den Unsterblichen säubert, kann wieder etwas Neues entstehen. Dazu brauche ich aber eure Hilfe", erklärte der Phönix.

„Was müssen wir tun?", fragte Náriá beklommen.

„Haltet euch an den Händen. Ich werde mit meinem Feuer eure Unsterblichkeit aus euch herauslösen. Ihr werdet neu geboren als Sterbliche. Dann könnt ihr ein neues Geschlecht der Sterblichen gründen und euer Volk auf diese Weise erneuern", erläuterte der Phönix das Vorgehen.

Die beiden Unsterblichen schüttelten traurig den Kopf.

„Es gibt keinen anderen Weg", gab der Phönix bekannt.

„Dann soll es so sein", beschloss Náriá mit erstickter Stimme.

Gemeinsam fassten sie sich an den Händen. Der Phönix flatterte auf und setzte sich auf die Hände.

„Möge das Feuer der Erneuerung eure Völker erlösen und euch ein neues fruchtbares Volk Sterblicher bescheren", verkündete er feierlich. Im selben Augenblick ging er in Flammen auf. Die beiden Jugendlichen schrien schmerzerfüllt auf, als die Flammen über sie hinwegbrandeten und weit über das Gebirge hinaus die Lande versengten.

Týhýllos öffnete die Augen. Es war vorüber. Er hielt immer noch Náriás Hand. Der Phönix war nur noch Asche – und auch das Land war bis zum Horizont nur noch glühende Ödnis. Tells und auch die Sâhîtsch existierten nicht mehr. Týhýllos blickte traurig über diese Ödnis. Es war vollbracht. Sie beide waren jetzt sterblich.

Da hörten sie ein leises Piepsen. Es war der Phönix, der aus seiner Asche selbst wiedergeboren wurde. Noch blickte das kleine Phönixküken ganz verwundert in die Welt. Doch bald schon würde aus ihm der neue Phönix heranwachsen, der den ewigen Zyklus aus Werden und Vergehen repräsentierte.

Týhýllos blickte Náriá an. Sie war also jetzt seine Gefährtin, die Urmutter eines neuen Menschengeschlechts. Die Aufgabe war groß, aber gemeinsam würden sie sie erfüllen, als Eltern der Menschheit.

Florian Geiger, *wohnhaft in Lörrach, geboren am 10. Februar 1982 in Heidelberg, schreibt seit seiner Kindheit gerne Geschichten, besonders aus den Bereichen Science-Fiction und Fantasy. Bisher konnte er Kurzgeschichten in verschiedenen Verlagen veröffentlichen. Website: https://floriantobiasgeiger.jimdofree.com, Friendica im Fediversum: https://opensocial.at/profile/anarcheron.*

Aufbruch

Er kniete mit gesenktem Kopf in den Scherben seiner Existenz. Ein schwarzer Strand aus glitzerndem Glas. Dahinter das Meer, dunkel erstreckte es sich bis zum Horizont. Und dahinter wiederum das unendliche Nichts, die Schwärze. Eine allumfassende, erbarmungslose Gleichgültigkeit. Die Wellen brachen am Ufer wie ein höhnisches Lachen, verspotteten ihn. Belustigten sich an den Trümmern seines Lebens. Die Scherben schnitten scharf in sein Fleisch. Klaffende Wunden, aber kein Blut trat daraus hervor. Er hatte vergessen, wie man blutet. Hatte vergessen, wie man liebt, wie man hofft, wie man lebt. Schmerz durchfuhr ihn, doch nicht wegen der Scherben, die sich langsam in sein Fleisch gruben. Früher war er mächtig gewesen. Ein Gefühl – und die Sterne erstrahlten am Himmel, malten ihr buntes Mosaik in die Dunkelheit. Ein Gedanke – und der Mond schälte sich aus der Nacht und spendete tröstendes Licht. Ein Wille – und die Sonne schob ihr Antlitz über das Dunkel des Horizonts, hüllte die Welt in ihre wärmende Umarmung, schuf Geborgenheit.

Doch die Sonne war fort. Er hatte sie getötet, hatte aufgehört, an sie zu glauben. Er hatte die Sterne vom Himmel gerissen und ihre kalte Asche in die Fluten geworfen. Er hatte den Mond zertrümmert und seine Brocken in die Finsternis geschleudert. Zurück blieb die Trümmerlandschaft ungelebter Träume. Wie ein Mahnmal thronte sie hinter ihm, erinnerten ihn an sein Scheitern, an sein Versagen. An die Dunkelheit, die sich an ihm labte. Er wollte seinen Frust in die Welt schreien. Seinen Schmerz, sein Leid. Doch da war niemand, der ihn hören würde. Er war allein. Allein in einer kalten, herzlosen Welt, die er sich selbst so mühevoll erbaut hatte. Und nun war er hier gefangen. Er hatte sein eigenes Gefängnis errichtet.

Aus der Einsamkeit begann sich eine Stimme zu erheben. Leise, kaum mehr als ein Flüstern. In der Stille klang sie wie donnernde Trompeten. „Du hast es einmal getan, du kannst es wieder tun“, flüsterte die Stimme hinter ihm.

Er war schon lange an diesem Ort gefangen und er war sich sicher, dass außer ihm hier kein Leben existierte. Er hob leicht den Kopf.

„Wie?“, fragte er, ohne sich umzusehen.

„Du hast bereits damit angefangen. Du hast mich eingelassen“, antwortete die Stimme ruhig.

Sein Körper zitterte. „Ich kann das nicht. Ich hab es nie gekonnt.“ Seine Stimme brach bei diesen Worten. Tränen wollten aus seinen Augenwinkeln treten, aber er hatte verlernt, zu weinen. Er grub seine Hände tiefer in die Scherben, wollte sich dem Schmerz hingeben, wollte spüren, dass er noch am Leben war. Doch die Scherben taten ihm den Gefallen nicht.

„Du kannst.“ Die Stimme halte in seinem Kopf wider, ein schmerzhaftes Echo. Eine Erinnerung an eine Vergangenheit, die nie zurückkehren würde.

„Ich kann nicht! Verschwinde! Lass mich in Ruhe!“, schrie er zornig auf. Sein Atem ging schwer.

Der Wind säuselte voller Hohn und das Meer brüllte boshaft. Doch die Stimme blieb. „Du hast mich hergerufen. Ich kann nicht verschwinden. So wenig, wie du hierbleiben kannst.“

„Dann befreie mich! Nimm mich mit!“.

Die Wellen des Meeres brachen am Ufer, es klang wie das Tosen eines Tsunamis und vermischten sich mit dem scharfen Pfeifen des Windes.

„Ich kann dich nicht befreien. Ich habe keine Macht an diesem Ort. Die liegt allein bei dir.“ Die fremde Stimme klang klar wie der erste Sonnenstrahl, der einen am Morgen begrüßte, der einen an der Nase kitzelte und die Finsternis der Nacht in ihre Schranken wies.

„... bei mir.“ Er spürte eine aufkommende Wärme in seiner Brust. Ein fremdes Gefühl, das er schon seit einer Ewigkeit nicht mehr gespürt hatte.

„Du hast es einmal getan, du kannst es wieder tun“, bekräftigte ihn die Stimme.

Da griff er beherzt in die Scherben unter sich, spürte den tiefen, wohligen Schmerz. Er könnte es wieder tun. Blut trat aus seiner geballten Faust und tropfte auf den Strand aus Scherben. Er stand auf, seine Knie zerschnitten vom Glas. Da war ein pochender Schmerz. Blut rann seinen Knöchel herunter. Er fühlte sich lebendig. Und dann zermalmte er mit einem Gedanken die Glasscherben zu feinem, weißem Sand. Er riss die Finsternis der Nacht ein und formte aus ihren Trümmern den Mond und setzte ihn an den Himmel. Er schleuderte Sand ans Firmament und ließ in ihm neue Sterne erstrahlen. Sogleich wurde der Wind zu einer sanften Brise und das Meer rauschte sachte in der Ferne. Er wandte sich ab und ging seinem neuen Leben entgegen. Hinter ihm ging die wärmende Sonne auf.

***Timothy Phoenix** ist ein 24-jähriger Student und Hobbyautor aus der Fächerstadt Karlsruhe. Während einer besonders schweren Zeit erschuf er sich in Form von Kurzgeschichten einen kreativen Zufluchtsort, um sich selbst zu fühlen, sich selbst zu verstehen, sich selbst Hoffnung auf Veränderung zu schenken. Was anfänglich aus der Sehnsucht nach innerem Frieden und Selbstakzeptanz geboren wurde, entwickelte sich schließlich zum Wunsch, auch andere Menschen an dieser Entwicklung teilhaben zu lassen. Geprägt durch die Auseinandersetzung mit den eigenen Gefühlen und Gedanken sind seine Geschichten emotional, ehrlich und enttarnend.*

Drei goldene Federn

Am Ende war ein Blitz.
Feuer.
Hitze.
Gold.
Dann kam die Dunkelheit.
Die Sterne wurden verschluckt.
Es war das Ende des Tages, der alten Zeit, des alten Lebens.
Der Anbruch der Nacht.

Das Flüstern hatte wieder begonnen.

Es wurde immer lauter. Deutlicher.

Die Worte drangen durch meine Ohren ein, zwängten sich in meine stille Sphäre.

Und dann donnerte es. Die Erde erbebte und meine Sphäre löste sich mit einem Knall auf. Ich riss die Augen auf und fand ein Ungetüm vor mir. Seine Schuppen schillerten Indigoblau in der Nachmittagssonne, als er sein mächtiges Haupt schüttelte.

Er fing meinen Blick mit durchdringenden kristallblauen Augen auf, deren Pupillen seitlich geneigt und lang gezogen wie Schlitze waren und am Rande meines Bewusstseins regte sich etwas.

„Atos?“

Der Drache neigte den Kopf. „Du erinnerst dich.“

Ich saß auf der moosbewachsenen Veranda eines Hauses. Um mich herum streckten uralte Eichen ihre Baumkronen gen Himmel und unter ihnen tummelten sich Büsche und Sträucher. Es war wunderschön – und doch war etwas falsch daran.

Denn die eigentlich grünen Blätter waren golden, karmesinrot und bernsteinbraun. Die Büsche und Sträucher waren wie ausgerupft, und der Waldboden war mit einem bunten Blätterteppich bedeckt.

Der Drache war meinem Blick gefolgt. „Weißt du, was die Farben bedeuten?“

„Herbstbeginn?“

Er schüttelte den Kopf. „Nicht hier.“ In seiner Klaue erschien ein heller, länglicher Stein. Er berührte damit sanft meine Schulter.

Mir war, als fegte ein Windstoß durch mich hindurch. Der Stein pulsierte sanft und stetig, und mein Herz schlug im selben Takt, Blut strömte wieder durch meine Adern und ich atmete tief ein.

Ich erinnerte mich.

Auf einmal erstarrte Atos. Er zog mich in Deckung, dann hörte auch ich es. „Die Mauer“, hauchte er.

Ein ohrenbetäubender Knall. Die Erde erbebte.

Dann knackte es im Unterholz.

„Banditen“, stieß Atos hervor. „Kannst du laufen?“

Meine Beine zitterten, ich schüttelte den Kopf. „Was ...“

„Halt dich fest.“ Er schwang mich auf seinen Rücken, bevor ich blinzeln konnte.

Wir erreichten eine Lichtung, die Dämmerung war angebrochen. Banditen hieben auf ein Gebilde aus goldgetränkten Flechten ein, in dem sich etwas rot Glühendes wand.

Atos setzte mich ab und spannte die Muskeln zum Sprung an. Ich packte ihn am Bein. „Wo willst du hin?“

„Wir müssen verhindern, dass sie ihm die Federn ausrupfen.“

„Aber wie willst du alleine gegen sie ankommen?!“

„Ich tue, was ich kann, um dir den Weg frei zu machen.“

Mein Magen zog sich zusammen, meine Kehle war auf einmal wie zugeschnürt. „Aber ich weiß doch nicht …“

„Doch, das tust du. Es ist in deinem Blut.“

Atos stürzte sich mit Gebrüll in die Masse und warf ein paar Banditen zu Boden. Auf einmal war er von zähnefletschenden Wölfen umgeben. Der größte von ihnen heulte laut auf – und das Rudel griff an. Die Wölfe schnappten mit vor Gift triefenden Reißzähnen nach Atos und hieben mit ellenlangen Krallen nach ihm. Er wandte die Schnauze gen Himmel und brüllte. Von allen Seiten her kamen Tiere und stürzten sich in die Schlacht.

Und mittendrin stand ich regungslos. Angst und Verzweiflung rangen in mir.

Auf einmal fing ich Atos’ Blick auf, seine Augen schenkten mir bedingungsloses Vertrauen, das ich nicht verdient hatte – und dann drehten sie sich nach oben, sodass man nur noch das Weiße sah.

Der Wolf, der sich in Atos' Seite verbissen hatte, bleckte seine blutgetränkten Zähne und jaulte triumphierend auf, es war der Anführer – dann ertönte ein Schrei, pure Verzweiflung, reine Wut, er erfüllte die Luft, übertönte alles andere, er kam von mir, ich schrie aus Leibeskräften, ich schmiss mich zu Boden und schrie immer noch und ich hob meine Arme und spürte, wie Energie in meinen Handflächen pulsierte, ich schleuderte sie mit aller Kraft nach unten, ein Blitz zuckte über die Lichtung und die Erde erschauderte, ich schrie immer noch ...

Und dann war es plötzlich still.

Die Zeit schien angehalten.

Ich atmete nicht.

Alles war verschwunden, nur noch das goldige Geflecht lag da, in Dunkelheit gebettet. Irgendwann begann das Geflecht zu rauchen, dann fing es Feuer. Riesige Flammen fraßen jede Faser des Nests auf. In ihrem Inneren ballte sich ein glühender Ball zusammen, der immer heller wurde, bis er explodierte und ein Schwall Asche sich auf die Lichtung ergoss. Die Flammen starben genauso abrupt ab, wie sie entflammt waren.

Es gab nur Stille.

Und dann kam eine tosende Windböe auf.

Sie fegte über die Lichtung und sammelte die Asche in einer kleinen Kugel in ihrer Mitte. Die Dunkelheit wurde langsam eingesogen, bis ein dunkler Tornado mit einer wirbelnden Kugel in der Mitte im Nichts schwebte. Die Kugel wurde größer und der Tornado schrumpfte.

Irgendwann durchzuckte ein gleißender Blitz die Kugel und sie pulsierte, zuckte umher und nahm Form an.

Zuerst formte sich ein Kopf mit einem langen, graziösen Schnabel und prächtigem Gefieder; dann zwei luftige Schwingen mit schimmernden goldenen Federn und zu guter Letzt ein Schweif, länger als sein Körper, mit ausladendem, funkelndem Federkleid.

Die Dunkelheit war verschwunden.

Der neugeborene Vogel wandte seinen wunderschönen Kopf und sah mich aus rotgoldenen Augen an. Er neigte kaum merklich seinen Schnabel und begann zu singen. Ich hörte zu, wie der Phönix sang, und erfuhr die Welt auf eine neue Weise. Eine einsame Träne rann aus meinem linken Auge. Dieser Augenblick war es jedes Mal aufs

Neue wert. Egal, wie oft ich mich dafür selbst verlieren musste, um ihn zu schützen.

Er beendete seinen Gesang, dann flog er davon, dem Morgengrauen entgegen, nein, er war das Morgengrauen; sein Flug erhellte den Himmel.

Ich atmete aus. Mit einem Mal war die Lichtung voller Tiere zurück. Sie waren um etwas versammelt und der Schreck fuhr mir in die Glieder.

„Atos!“ Seine Augen waren geschlossen. Aus der Wunde an seinem Bauch sickerte Blut.

Die Tiere ließen die Köpfe hängen. Ich erinnerte mich wieder, wer sie waren, und tröstete jeden meiner Freunde mit sanfter Stimme und lobte sie für ihren Mut. Die Sonne ging auf und ihr Licht verfing sich in etwas Goldenem. Ich zwang meinen Blick fort von Atos und staunte.

Drei goldene Federn.

Ein Flüstern schien von ihnen auszugehen.

Ich drückte eine der Federn sanft auf Atos' Wunde und schloss die Augen. Die Feder zerfiel unter meinen Fingern und ich spürte eine Wärme an meinen Fingerspitzen. Als ich einen tiefen Atemzug hörte, schlug ich die Augen auf.

Atos' Brustkorb hob und senkte sich in gleichmäßigen, wundervollen Atemzügen, und er blinzelte in der Sonne. „Was hab ich verpasst?“

Wir lagen im Gras und sahen zu, wie der Nachmittag sich in Abend verwandelte. Alles war wieder grün wie eh und je.

Ich war mit Atos über das Grundstück gestreift, durch den Wald, am See vorbei, am Bach entlang bis hin zum alten Haus.

Ich erinnerte mich, dass ich dort wohnte, doch ich verspürte vorerst keine Lust, dorthin zurückzukehren. Jetzt war Frühling.

Ich griff nach der Kette um meinen Hals.

Atos hatte aus der zweiten goldenen Feder, die noch am Morgen von selbst versteinert war, einen Anhänger gemacht. Er sah beinahe aus wie ein heller, länglicher Stein.

Die dritte Feder war verschwunden.

Vielleicht würde ich sie eines Tages wiederfinden.

Am Anfang war Dunkelheit.
Kälte.
Rauch.
Asche.
Dann kam das Licht.
Die Sonne;
der Anbruch eines neuen Tages, einer neuen Zeit, eines neuen Lebens.
Der Anbruch der Hoffnung.

***Maxine Danisch** liebt Geschichten jedweder Art, seien es selbst erfundene oder erzählte. Nach ihrem Anglistik und Germanistik Bachelor in Heidelberg hat sie Kinderliteratur in Dublin studiert, schreibt aber für Jung und Alt. Sie hat zwei englischsprachige Kurzgeschichten in Anthologien der Creative Writing Group der Universität Heidelberg (2019, Room 333, und 2022, To Life) veröffentlicht und strebt an, die Erschaffung von Welten zu ihrem Beruf zu machen. Die 24-Jährige lebt in NRW. Wenn ihre Nase nicht gerade in einem Buch steckt, ist sie gerne draußen in der Natur oder unter Wasser.*

Heimat erleben

Geschichten erzählen

Neue Anthologiereihe öffnet Türen zu literarischen Schätzen Deutschlands

Die neue Anthologie-Reihe „Heimat erleben, Geschichten erzählen“ widmet sich der Vielfalt des literarischen Lebens in Deutschland. Mit 41 deutschen Regionen und vier Großstadtmetropolen im Mittelpunkt, wie beispielsweise dem Schwarzwald, dem Siegerland, der Lüneburger Heide, der Uckermark, dem Harz, der Sächsischen Schweiz oder den Städten Hamburg und München, stellt diese Reihe das reiche kulturelle Erbe, die vielfältigen Traditionen und die besonderen Charakteristika der deutschen literarischen Regionen heraus. Ziel ist es, eine Plattform zu schaffen, die Autorinnen und Autoren die Möglichkeit bietet, ihre Werke in einem breiten, literarischen Kontext zu veröffentlichen und so die literarischen Schätze der deutschen Regionen zu bündeln.

Literarische Reisen durch Deutschland

Mit dieser Anthologie startet ein neues Projekt, das dazu einlädt, das literarische Leben Deutschlands authentisch und kreativ zu erkunden. Schon in früheren Ausschreibungen wurden ähnliche thematische Schwerpunkte gesetzt, doch „Heimat erleben, Geschichten erzählen" verfolgt nun das umfassende Ziel, die literarischen Stimmen der Regionen auf eine größere Bühne zu heben und zusammenzuführen.

Die Auswahl an Genres und Themen ist bewusst breit gefächert: Eingereicht werden können Erzählungen, Sagen und Märchen, Gedichte, Anekdoten, Mundarttexte, Historisches, Reiseberichte, Kurzkrimis, Fabeln, Legenden, Tagebucheinträge, Porträts, Lieder und Autofiktion – um nur einige zu nennen. Auch Bilder, historische Fotografien und Illustrationen sind willkommen, um die einzelnen Regionen noch anschaulicher darzustellen. Die Ausschreibungen sind für Schreibende jeden Alters offen, die Geschichten können unabhängig von der Herkunftsregion der Autorin oder des Autors eingereicht werden. Auch Mundarttexte sind ausdrücklich erwünscht, um die kulturelle Vielfalt Deutschlands authentisch einzufangen und den Charme der einzelnen Regionen erlebbar zu machen. Einsendeschluss für die Anthologie-Ausschreibungen ist der 30. Juni 2025.

Weitere Informationen unter

www.papierfresserchen.eu/heimat-erleben/

Rätselspaß: Entfessle deinen Geist!

Alarmstufe Rot:
Rätsel für kluge Brandbekämpfer
ISBN: 978-3-96074-847-2

Rätselgrill:
Scharfe Fragen für heiße Köpfe
ISBN: 978-3-96074-848-9

Tüftler-Rätsel:
Denksport für pfiffige Heimwerker
ISBN: 978-3-96074-849-6

Rätselbiker:
Coole Fragen für heiße Motorradfahrer
ISBN: 978-3-96074-855-7

Rätselgarten:
Kniffliger Denksport für grüne Daumen
ISBN: 978-3-96074-852-6

Katzen-Knobelei:
Rätselspaß für clevere Katzenliebhaber
ISBN: 978-3-96074-856-4

Schrauber-Rätsel:
Kniffliger Ratespaß für Autofreaks
ISBN: 978-3-96074-846-5

***

Taschenbücher, 140 Seiten
von **Nanja Holland** im Buchhandel, bei
Amazon und unter
www.papierfresserchen.de

Printed in Poland
by Amazon Fulfillment
Poland Sp. z o.o., Wrocław

70685843R00062